神様の学校 弐
八百万ご指南いたします

浅井ことは Kotoha Asai

ALPHAPOLIS WEB CITY SINCE 2000
アルファポリス文庫

https://www.alphapolis.co.jp/

お正月

今年の十一月の終わり、俺、高校二年生の佐野《さの》翔平《しょうへい》はいきなり祖父の佐野源三郎《げんざぶろう》に神社へ連れていかれ、そこで天御中主命《あめのみなかのぬしのみこと》・八意思兼命《やごころおもいかねのみこと》・大国主命《おおくにぬしのみこと》という三柱の神に会った。その結果、佐野家が一代おきに継ぐ神様の使いを任され、火之迦具土《ひのかぐつち》や木花咲耶姫《このはなさくやひめ》、咲耶姫の姉の石長比売《いわながひめ》に今の人の社会のことなどを教え始めて約ひと月半。

最初は神社内で教えるはずだったのに、神様は今や我が家に入りびたり状態だ。それを喜んでいるのが、俺の前に神様の使いをしていた祖父。そして、神様に動じず一緒に食事やらを楽しんでいる祖母の佐野琴子《ことこ》。

そんな頼りがいのある祖父母が呑気《のんき》に構えている一方、俺は勉強不足だったり慣れない先生役にあたふたしたりしている。それでも神様のお守《も》り的な存在としてなんとかやっているうちに、冬休みが半分つぶれてしまった。

ちなみに、俺の家族は祖父母の他にもいる。最初の生徒である迦具土もそうだ。迦具土は火の神様なのに火が怖く、それを克服《こくふく》させるために俺が現代の火についてなどを教えていた。そして、ひょんなことから一緒に住むようになり、今では迦具土は祖母と一緒に家事をこなしている。小姑《こじゅうと》のように口うるさいものの、基本的に素直な性格。

そんなこんなで楽しい生活を送っていたのだが、問題は山積み！

大国主命こと大国さんと、八意思兼命こと八意さんの二人が神様の力を使って、佐野家に住み始めた迦具土を俺の兄弟と周りの人々に信じ込ませたのだ。そこに俺の実兄、純平《じゅんぺい》が久しぶりに帰ってくることになった。万が一、離れて暮らしている兄に神様の力が及んでいなければ、迦具土のことをどうにか誤魔化さないとならない。

それに、頑固《がんこ》だった石長比売こと石長さんが、祖母と仲よくなって定期的に野菜などを送ってきてくれることもどう説明したらいいのか……

そんなふうに解決しなきゃならないことも多いし、これからも神様のお守《も》りをすると思うと、やはり、俺の青春を返せ！　と言いたくなることもしばしば。

今は新たに生徒となる神様もいないし、年末で神様も忙しいのか大国さん達から連絡はない。あとは新年早々、何事も起きませんようにと願うばかり。

本当に、お正月はのんびりできるとよいのだが……

そんなことを考えつつ掃除をしていると、「おい、窓拭き終わったのかよ」と迦具土が拭きたての窓のチェック。

「ちゃんと拭いたって。迦具土こそ庭の掃除終わったのかよ」

もちろんだとばかりに胸を張っているところを見ると、きっちり終わらせたのだろう。

「あなた達、何してるの？　頼んだ掃除が終わったなら、お爺さんの道場のお掃除を手伝ってきてちょうだいな」

祖母に言われ道場に行くと、「こちらももう終わる。神棚の掃除だけしてくれ」と頼まれたので、丁寧に拭いて供え物を置き手を合わせた。

＊＊＊＊＊

大みそかの夜までかかった大掃除も終わったので、祖父母には休んでもらう。夕飯の片付けをしながら、そういえば八意さんから次の授業について何も言われなかったと迦具土に言うと、「正月は忙しいからな」とだけ返ってきた。

「それよりも明日、お前の兄が帰ってくるんだろ？　あと、爺さん達を連れて初詣《はつもうで》に行くのか？」と聞かれたが、祖父が少しだけ入院していたこともあったので、首を横に振る。

「兄貴は行くなって言うと思う。爺ちゃんのことを電話で話しているし、初詣《はつもうで》って混んでて疲れちゃうから止めるんじゃないかな」

そう言うと、「兄とはどんなやつだ？」と質問されたので、ちょっと考える。

「うーん、性格はのんびりしてる方かな。俺とは年が十歳違うんだ。迦具土は俺と兄貴の間くらいの年齢に見えるし……ゲッ！　俺、末っ子じゃん！」

一応、俺と迦具土は双子という設定ではあるけれど……

「元からだろう?」

そう茶々を入れてニヤッと笑う迦具土。最近、意地悪なことを言うようになった。手を拭いてから祖父母がいる炬燵《こたつ》の部屋に行き、手と足を温める。そこでしみじみと呟いた。

「水仕事をしてからだと、炬燵《こたつ》がすごく幸せな場所に思えるよ」

「まったくだ。それより、お前。神のことを少しは覚えたのか? 兄が帰ってきたら、表立っては俺も教えられんぞ?」

「あぁ、なんか種類? とかあるんだっけ?」とあくびをしながら答えると、祖父母が迦具土をじっと見る。迦具土は、また俺かよ! と言いつつも教えてくれた。

「まず、俺達みたいな神産みで生まれた神がいるだろ?」

「神産み?」

「本持ってこい、本!」

神様の使いの役目を引き受けた時に貰った百科事典みたいな本を持っていくと、迦具土がパラパラッと捲《めく》って説明してくれる。

「伊邪那岐《いざなぎ》と伊邪那美《いざなみ》が子を作りまくって、神が生まれた。で、その神達が結婚をして、また神を産んだんだ。産んで産んで産みまくった結果、この系図のように神武《じんむ》天皇に辿り着く。神として祀《まつ》られているのは、人神《ひとがみ》や道祖神《どうそしん》とか色々あるんだが、他にも神話に出てくる……って、寝るなー！」

ついウトウトとしてしまい、迦具土の声でハッとして起きる。

「ごめん……」

「爺さん、こいつ今日は駄目だ。もう寝た方がいい」

そう言われたので、お風呂も明日でいいやと言って、二階に上がろうとしたら、玄関でガタガタと音がした。普通の客ならチャイムを鳴らすはずなのに、おかしい。近くにあった傘を持ち、「誰⁉」と大きな声を出す。

その声を聞いて、竹刀《しない》を持った祖父と迦具土も奥から出てきた。祖父が口に人差し指を当て、声を出すなと合図をしたのでそれに従う。

玄関は昔ながらの磨《す》りガラスで引き戸。

数年前に一度割れてしまったため、今は木とガラスが交互にはめ込んである。

祖父がそっと近づき、鍵とともに一気に戸を開けて、外の人物に殴りかかろうとしたけれど、途中で手を止める。

「――純平？」

そこに立っていたのは、兄の純平だった。

「おっす！　鍵がどこに行ったかわかんなくて。それに、玄関のチャイムが壊れてるから、ゆすれば開くかなーって」と呑気《のんき》に笑っている。

「お前は馬鹿か！　前に戸を変えた時に鍵を渡してないから、そもそも持っていないんだ。それに、裏の勝手口に回ればいいだろうに」

「あ、そっか！」

祖父に怒られて頭をポリポリと掻《か》きながら、兄が大きなスーツケースを玄関に運び入れ、二階に運んでくれと渡してくる。

荷物を運び終えた俺はまた炬燵《こたつ》の部屋に戻り、迦具土のことが兄にどう刷《す》り込まれているのかと様子を窺《うかが》う。

「来るの、明日じゃなかったの？」

「そのつもりだったんだけど、道が空《す》いてたし、腹も減ったから来た！」

「兄貴ってしっかりしてるようで単純だよなぁ」

「そうか？　それより、迦具土も久しぶり。元気だったか？」

「ま、まあな」

その後の兄と迦具土の会話には、特に違和感はなかった。ただ、やはり自分が三男坊となっていてがっくりする。

兄は祖母が持ってきたお茶漬けを食べて満足したのか、「よし、寝よう！」と俺の部屋に行ってしまった。どうやら俺の部屋で寝るつもりらしい。

「人騒がせなんだから！　で、やっぱり迦具土が俺の双子の兄貴ってことになってるの？」

「だろうな。多分、近所の連中にもそう刷《す》り込まれていると思うぞ？」

「不本意だ！」

「俺もだ！」

「まぁまぁ。それより、迦具土君。純平には気づかれないのよねぇ？」

祖母の心配はもっともだ。迦具土も兄弟という設定で大国さんが術をかけてくれてはいるのだが、本当にかかっているのか不安なところはある。

「純平とやらが、翔平に似た性質なら大丈夫だと思うんだが……」

そう呟く迦具土に、「それどういう意味だよ。俺が単純ってこと？」と聞くと、「単純と言うより鈍い？」と言われてしまう。

ため息をつきながらみんなにおやすみと声をかけて部屋に戻ると、兄はイビキをかいて寝ていた。俺がなんとか寝付けたのはかなり遅くなってからだった。


「あけましておめでとう」

翌日、眠い目をこすり一階に下りると、すでに朝ご飯を食べている兄と迦具土。

自分もいただきますとお茶碗を持って食べ始めたが、迦具土と兄は、昨晩と何か感じが違う。妙にぎこちない気がする。

「あけましておめでとう、翔平。お婆ちゃんとお爺さん、純平に初売りへ連れていってもらうことにしたの。あなたはどうする？」

祖母がそんな質問をしてきた。そういえば前に兄と電話で話した時、婆ちゃん達を買い物に連れていくとか言っていたなと思い出し、迦具土と留守番しているとだけ答え、ご飯を食べ終えてから迦具土を連れて部屋に戻る。

「なんだ？」

「なんだ、じゃないよ。俺が起きるまでの間に、迦具土、兄貴と何か話した？　思い過ごしならいいんだけど、術が解けてるかも……だとしたら、大国さんに話さないと。もし、兄貴の術が解けてたら、どうしたらいいのか聞いておかないといけないし。そのとこは神様にお任せだろ？　ちゃんとしてもらわないと。これ以上、兄貴に心配かけたくないんだ」

一気に話すと、「わかった。俺もついてく」と迦具土が言ってくれたので、兄と祖父母が初売りに出かけてから、家を出る。

神社に着いて、いつも通りにお参りしながら進み、椅子に座って温かいコーヒーを飲みつつ、大国さんが出てきてくれるのを待つ。

「こうやって訪ねると出てこないんだよなぁ。元旦《がんたん》だから忙しいのかもしれないけど」

お昼前まで待っても姿を見せないから、帰ろうかなと思ったところで、手を振っている大国さんを見つけた。ついていくと、いつもの茅葺《かやぶき》屋根の家に連れていかれる。

「大国さん！」

俺が名前を呼ぶと、小学生くらいの男の子の姿をした大国さんが苦笑した。

「そう騒ぐな。お前の兄のことも朝のことも把握しておる」

「俺の思い過ごしだと思いたいんだけど……」

「残念ながらお前の兄は術にかかりにくい質《たち》のようだな」と、しれっと言ってくれる大国さん。

朝ご飯はいつも話しながら食べる兄が、迦具土を見ようともせず、黙々と食べていたのが気になっていたのだが、予感的中！　こんな勘は当たってほしくなかった。

「俺に頼ってくるのはいい。代替わりさせたのも俺だし、できる範囲でなんとかしてやりたいとも思う。だが、術にかかる、かからないに関してはなぁ。お前の兄は術がかかりにくく、かつ抜けやすいようだ。かといって、そう何度もかけていいものでもない」

「じゃあ、どうしろと？」

「迦具土が弟じゃないことはわかっている様子で、でも何も言ってはこないんだろう？」

そうだと、迦具土と頷く。

「お前の兄は、多分源三郎に性質が近いんだ。まぁ、言ってもよいと思うから言うが、毎月あの者はこの神社へ来る」

「兄貴が？」

「願いはいつも同じだ。お前と祖父母の健康のみ。そういったところも源三郎によく似ておる。放っておる気もな」

それを聞いた迦具土が、兄の様子を見つつ、特に害がなければ放っておいてもいいのではないかという意見を出した。大国さんが頷く。

「俺もそれでいいと思うが、もし不都合があれば迦具土に俺を呼び出させろ。すぐに対処する。それと、正月が終わったら次の神の授業を頼むぞ?」

「やっぱり?」

「当たり前だ。迦具土、それまでにちゃんと色々と教えておけよ」

じゃあな、と言って大国さんが消えてしまったので、自分達も家から出て境内《けいだい》へ戻る。

財布の中身を確認し、和菓子店に入って最中《もなか》を五つ買い、たまには散歩しようと、遠回りをしつつ自宅までのんびり歩いた。

「ただいま」

玄関を開けてそう言うと、先に帰っていた兄が出てきた。

「おかえり。お前、どこに行ってたんだよ」と何故か心配をされてしまう。

こう言ってはなんだが、俺は今まで門限を破ったこともなければ、夜遊びもしたこともない。友達と出かけるにしても、どこに誰と行くかちゃんと伝えてから行くので、心配されたことなんてなかった。やはり兄は何かわかっているのかと疑ってしまう。

「えーと、最中《もなか》を買いに……」とちょっと誤魔化すと、ホッとした顔の兄が「まったく、心配させるな。ばーちゃーん、翔平が帰ってきたー！」と祖母を呼びながら炬燵《こたつ》の部屋へ向かおうとする。

「兄貴、声でかい。婆ちゃんはまだ耳が聞こえてるから！」

「お？　そうか？」

最中《もなか》を渡して、洗面所に行き、手を洗う。

「最中《もなか》なくなるぞー」との兄の言葉に、「一人一つだから！」と返して早足で戻る。

「なぁなぁ、お前、小遣いいくら？」

いきなり兄に聞かれたので、素直に答えておく。

「五千円だよ？　たまにお手伝いすると別に貰えるけど」

「少なっ！」

「だって、学校とかでたまにジュース買うだけで、そんなに使わないよ？」

「購買のパン戦争に参加しないのか？」

兄も俺と同じ高校に通っていたので、色々と詳しい。俺も聞いたことはある。奇跡のパン争奪戦の話は。

なんでも卵とコロッケ、そして焼きそばが挟まれていて三百円という、とても安くて大きなパンがあるそうだ。奇跡のパンと呼ばれているが、未《いま》だにお目にかかれていない。

「俺は食ったぞ？」

「本当に大きいの？」

「おう、結構な食べ応《ごた》えだぞ？　お前もチャレンジしろよ」

十年前にもあったんだーと話していると、祖母が「翔平、お小遣い足りないの？」と聞いてくる。

今、足りてるって説明してたんだけどな……

実は、お小遣いの残りはこっそりと、お茶っ葉が入っていた筒缶に貯金している。そんなに貯まってはいないが、いつか祖父母に何か贈れたらいいなと思っていた。

大丈夫だと答えたところ、祖母は納得してくれた様子だ。その後、祖父へ神社に行ったことを告げる。

すると「会ってきたのか？」と聞かれた。兄は祖母と話が弾んでいるから聞いていないだろうしいいかと、神社でのことを簡単に説明する。

「そうか……。私も気づくべきだったな」

「大国さんはしばらく様子を見ようって」

「そうだなぁ。ま、なんとかなるだろう」

迦具土は風呂に行き、祖母は夕飯の支度《したく》のため台所に。

しばらく正月番組を見ながらのんびりしていると、「あ、朝のうちにしめ縄を取り付けようと思っていたんだった。純平、しておいてくれ」と祖父が袋ごとしめ縄を兄に渡す。

「俺？　翔平にやらせろよ。迦具土でもいいし」

「たまに帰ってきた時くらい手伝わんか！」

「わかったよ！　今から取り付けてくる」

兄が取り付けに行くのと入れ替わりに、迦具土がお風呂から出てきて、「石鹸《せっけん》がもうなくなりそうだった」と言った。

「出しておくよ。この前出したばっかりだと思ったんだけど。迦具土、まさか石鹸《せっけん》で全身洗ってる？」

「いや？　顔は洗うが……他はちゃんと別のものを使ってる。『しゃんなんとか』が頭だろ。『ぼてー』が体。『とりめん』は頭を洗ったあとに塗って、頭からお湯を被ればいいんだよな？」

雑な説明の上、微妙に名前を覚えきれていないことが伝わってくる。

そして面倒くさいのが丸わかりな風呂の入り方。

「まぁ、合ってるけど……教えた通りに洗ってる？」

「ガシガシとだろ？」

違う！　ゴシゴシだ！

石鹸《せっけん》を出してから自分もお風呂に入り、デパートで買ったであろうお節《せち》と、祖母の作った煮物とお味噌汁《みそしる》で夕飯を済ませた。

夕食後、自室で過ごしていたところ、トントントンと階段を上《のぼ》ってくる音が聞こえた。兄は今日もここで寝るんだろうと観念して布団を敷き、扉が開いた瞬間に枕を投げる。

「へへ、あったりー！」

だが、そこにいたのは兄ではなく迦具土……

「ごめん、兄貴かと思って」

「意外と痛いんだな、この枕……なんの嫌がらせだ？」

もう一度謝ってなんとか機嫌を直してもらい、何か用だったのかと聞く。

「八意様と、誰かさんからだ。道場の方の神棚に置いてあった」

そう言った迦具土が二通の手紙を差し出す。中を見ると、年明け最初の学校が終わったら、神社の家へ十五時に来てほしいと書いてあった。

もう一通は石長比売からで、新年の挨拶《あいさつ》と、明日時間ができたので我が家に来ることが書かれている。

石長さんは、迦具土の後に会った神様だ。その時は石長さんと、その妹の木花咲耶姫とを仲よくさせてくれという話だったのだが、頑固《がんこ》で意地っ張りな石長さんと、我《わが》儘《まま》なお姫様の咲耶を結局仲よくさせることはできなかった。それなのに、石長さんは何故か祖母と仲よくなってしまい、今では神棚を通じてよく手紙を送ってくれるくらい気さくな関係だ。

でも……

「明日って、兄貴いるじゃん！」と、つい大きな声を出してしまう。

「だから先にお前に見せたんだ。実質、当主はお前だからな」

「で、どうすんの？」

「それは今、お前が考えることだが？」

「あ、そっか。何時に来るのかなぁ？　迦具土も大国さんがしたみたいに、石長さんを近所の人って思い込ませる術は使えないの？」

はぁーっと盛大にため息をついた迦具土が、「できないことはない」と一言。

だが、その後が続かない。

「何か問題があるの？」

「まあ、問題が出たら話す。……そうだ、大国主様にも教えるように言われているし、今からお前に人間達が仕分けした神の種類も教えておく。まだ教えてなかったよな？」

「え、うん。聞いてもわかんないと思うけど……そうだ、図にしてよ！　俺、そういうのなら覚えるの得意だから」

近くの本で頭を叩かれ、椅子に座らされて本を見せられる。

「いいか？　まずこれを覚えておいてくれ」

そう言った迦具土が、系譜のようなものをノートに書いてくれた。

ん？　あれ？　この並びだと……

「えええぇぇ！　迦具土ってむちゃくちゃ神様として最初の方の人じゃん！」

書いてあるのは、迦具土の体から生まれた八の神と、血から生まれた八の神の名前で、その上に迦具土の名前もちゃんと書いてある。

「今更か！　俺の父母は伊邪那岐命と伊邪那美命だ！」

そうだった！

ひと月近く一緒に暮らしているのでつい忘れてしまっていたが、迦具土はれっきとした神様……なんだよなぁ。

「で、この後にこう続いて、石長と咲耶が出てくる。そして、咲耶から神武天皇に繋《つな》がる。まずはここまでを一括《ひとくく》りと思って覚えてくれ。明日はその次の括《くく》りを教えるから」

「わかった。なんとか覚える。で、石長さんのことはどうしようっか」

「多分、純平の気を感じたら、自分でどうにかすると思う。大国様も言っていたが、何重にも術をかけるのはよくないから様子を見よう。もし石長が失敗したら、俺がなんとかする」

その後、俺の部屋にやってきた兄が「疲れた」と布団にダイブし、三人でしばらく話をしているうちに寝てしまったので、詳しくはまた明日の朝に決めようと、寝ることにした。

翌日、迦具土と話し合おうにも兄の前では話すことができず、祖父母だけにこっそりと石長比売が来ると話しておいた。そんな中……

ピンポーン――

ヤバい、石長さんかも。

玄関に行こうとしたら、兄が「俺が出る」と先に行ってしまったので、後から迦具土とついていく。

「はい」

兄がガラッと玄関を開けると、俯《うつむ》いた石長さんがいた。

「こ、こんにちは……んん？」

「まずいな、石長は純平の気に気づいていなかったのかもしれん」

迦具土がぼそっと言う。どうしようと思っていたら、ひょこっと顔を出した祖母が、

「あら、いらっしゃい」と兄を押しのけて、石長さんを招き入れた。

「そ、その。これを……」

石長さんの差し出した大きなビニール袋には、少し土のついたレンコンやごぼう、大根に里芋などが大量に入っている。

「あらあら、こんなに？　よろしいの？」

「は、はい。な、中に……木の実も入っていて、かなりアクが強くて……」

「純平、台所に持っていってちょうだい。石長さん、中へどうぞ」

「お邪魔します」

そう言ってちゃんと靴を揃えて入ってきた石長さんからコートを預かり、こっそりと「術は？」と聞く。

「顔を見た瞬間にかけたはずなのじゃが……何者だ？」と聞き返された。

「あれは俺の兄です。詳しいことは後で」

「そ、そうか。ちょっと、木の実の食し方を祖母殿に伝えたいので、台所に……」

「あ、はい。どうぞ」

前にも来たことがあるし、台所の位置はわかっているはずなので行ってもらう。

その間に兄貴の様子を見るため炬燵《こたつ》の部屋に行こうとしたが、何故か迦具土に洗面所へ連れていかれた。

「おい、石長がすでに術をかけている。だからすぐに俺が何かすることはできない。そこまではいいか？」

「う、うん」

「もし、お前の兄におかしな動きがあれば、今回の記憶を消すが、構わねーか？」

「一部ってこと？」

コクリと頷くので、「迦具土に任せるよ」と合意する。

それにしても石長さん、また口ごもっていたなぁ？　最近はだいぶ直ってきていたのに、などと考えながらお茶の用意をし、炬燵《こたつ》に置いてから台所を覗く。

「石長さん、お茶の用意ができましたけど」

「あ、あ、あと、後で行く。いや、違う。兄はそこにはおらぬのか？」

「いますよ？　嫌なら部屋に戻しますけど」

「いいいいい、嫌なわけ……違う。構わない」

「そうですか？　それより、肌がだいぶ綺麗になりましたね。追加の薬があるので帰りに持っていってください」

　そう言うと、頬に手を当てて「本当か？　本当に綺麗に治ってきておるのか？」と石長さんが目を輝かせる。その姿は、以前のツンとしていた頃からは想像もできない。神様なのにちょっと可愛いと感じてしまう。

「はい。あとはあまり触らないようにしていたらいいと思います。やっぱり神様は治りが早いのかな？」

「言われたことを続けていただけだ。朝と夜に薬をつけ、普段は化粧をせずにいた。とは言うても、よその神に会いに行く際に少しはしたが……」

「それでいいと思います。俺も治ってきて嬉しいです。じゃあ、あっちの部屋で待ってますね」

「わわわわ、わかった」

やっぱり、なんだかおかしいなぁ？

祖父も呼んでお茶を淹《い》れ、お菓子を準備して祖母達が来るのを待つ。すると兄が声をかけてきた。

「なぁ、あの人、誰？」

「婆ちゃんのお華の生徒さん。俺も最近話すようになったばっかりだからよくわかんない」

そう誤魔化して迦具土を見ると、祖父と一緒ににやにやと笑っている。

確かに俺は嘘をつくのが下手だと自覚してはいるが、笑わなくても……

そう思っていたら、祖母と石長さんが来たので場所を空《あ》け、お茶を二人分淹《い》れる。

コトンと置かれた皿の上には、煎《い》り豆のようなものが載っていた。「これってさっきの木の実？」と聞くと、一旦軽く茹《ゆ》でたものをフライパンで煎《い》ったと石長さんが答える。

ポリポリとした歯ごたえといい塩加減でお茶に合う。隣で兄も「すげぇ、これ美味《うま》いな」と遠慮なく食べている。

この図太い感じは婆ちゃん譲りだ！

そう心の底から実感し、「兄貴食いすぎ」と一言言うと、兄はごめんごめんと口にし、石長さんを見て、ニッコリと笑った。

くそぅ、このイケメンめ！

石長さんは赤くなって、祖母に何かを言ったと思ったら下を向きもじもじとしている。

まさか……

迦具土の方を見ると、なんだ？　という顔をしていたので、これは気づいてないなと、次は祖父を見る。

祖父はニヤッと笑ったが、相手は神様だ。そして兄貴は人間。これはありなのか？

多分、石長さんは兄貴に〝一目惚れ〟している。どうしよう……

悩む弟にお構いなく、「ねえねえ、石長さんだっけ？　ご実家は農家さんなの？」などとグイグイ聞く兄。

俺のこのハラハラ感を感じ取ってくれ！

「そそ、そうです。沢山取れたので持ってきまちた。あ、持ってきました」

カミカミで話す石長さんを可愛いと思いながらも、もう喋るなという視線を兄に送るが、全然気にする様子がない。

祖母も石長さんの好意に気づいたらしく、そろそろ帰るという石長さんを駅まで車で送ってあげなさいと兄に言う。

待って！

止めたいものの、話がどんどん進み、「お邪魔しました」と顔を赤らめたまま出ていく石長さん。

本当に最初よりも可愛く見えるよ。恋する乙女はなんちゃらってやつだよな？

そして玄関が閉まったあと、迦具土を含めた三人がクスクスと笑っているので、「もう、なんで止めないの？」と半ギレしてしまった。

我が家から駅までは車で十五分ほど。

そんなに時間はかからないはずなのに、全然帰ってこないので、夕飯を先にとろうということになって、お節《せち》を食べていたら、「ただいま」と兄が帰ってきた。

「いやー、外は寒いわ。婆ちゃん、俺、晩飯いらない。石長さんと食べてきた」

その一言に祖父はお箸を落とし、祖母はお茶を淹《い》れる手を止め、俺に至っては口から数の子を落としてしまった。

「今……なんて?」

「だから、駅の近くにファミレスあるだろ?　そこで飯食ってきたんだよ」

「じゅ、純平。その、年頃のお嬢さんをだな、軽はずみにこう……お誘いするのはどうかと思うぞ?」

「爺ちゃん、今は飯ぐらい普通だよ?　会社の子達とも居酒屋とか行くし、昼、一緒に定食屋行ったりするし」

人間相手ならそれでもいいのだが、相手は神様。でも、そんなことは言えるはずもなく、祖父母と兄の会話に耳を傾ける。

「純平、石長さんはファミレスとか行ったことがなかったかもしれないわよ?」

「あ、そう言ってた。俺はガッツリ食っちゃったけど、石長さんはホットケーキのセット頼んでたよ。生クリームとフルーツが一杯のやつで、メニュー見て目を丸くしてた」

いつから聞いていたのか、先にお風呂に入っていた迦具土が、タオルで頭を拭《ぬぐ》いながら「馬鹿か、お前は!!」と叫び、刑事ドラマのように尋問《じんもん》を始めた。

「何を話したんだ?」

そう迦具土が聞くと、兄は呑気《のんき》に「最近冷えますよねって話から、普段はどんな仕事してるのかとか……」などと答える。

「仕事ぉ？」

まさか石長さん、神様やってますなんて言ってないよな？

「なんだったかな。神社で雑用をしてるって言ってたから、巫女《みこ》さんなのかなー？　って。ファミレスも知らない箱入り娘っぽいし、ナイフとフォークの使い方も危なっかしくてさぁ」と、兄はケラケラと笑っている。

ちょっと胸をなで下ろした時、兄が付け加えた。

「明日には自分の家に帰るって話したら、俺の会社の近くにいい神社があるって教えてくれた。相当、神社好きなんだな」

石長さん、あなたって人は……

初めて会ったにも拘《かかわ》らず、ファミレスに誘う兄も兄だが、それについていった石長さん……

きっと初恋だろうに、積極的！

じゃなくて、よく誤魔化せたものだと驚いていいのやら、呆れていいのやら……

「そうそう、今度俺がこっちに帰ってきたら、色々と案内する約束をしたぞ？　石長さん、元々は地方の人って言ってたから」

「な、なんだと！　断れ！　今すぐ断れー！」

そう言って騒ぐ迦具土の気持ちは、祖父母も俺もよくわかった。

「その、なんだ……お付き合いする気がないのであればだな……」

「大丈夫だって爺ちゃん。案内するだけだし、向こうからお友達になってくださいって言われたんだ」

「そ、そう。だったら石長さんを傷つけることだけはしないでちょうだいね？」

「婆ちゃん、わかってるってば。さ、風呂でも入ってこようっと」

その後、兄がお風呂に行っている間にみんながため息をつく。石長さんを見送った時は笑っていた三人だけど、まさかこんなスピード展開になるとは思ってもなかったらしい。

「石長さん、大胆だね」

そう言うと祖父が、「きっと勇気がいったことだろう。石長比売にやめておきなさいとも言えないし、これがいい経験になればいいと、今はそう思おう」と、仕方ないといった感じでお茶を啜《すす》る。

「だが、恋など無縁だったやつだぞ？　本気にでもなったらどうする？」

迦具土の言うことはよくわかる。

でも、これが初恋であれば余計に止めることはできない。

もしうまくいかなかったとしても、友達として接するのであればいい思い出にはなるだろうが……不安だけが残る。

次の日、道が混むといけないからと夕飯後に兄が帰った。神様達のことがなんとかばれなかったと、安堵《あんど》のため息をつく。

あと二日で冬休みが終わる。今度はどんな神様を押し付けられるんだろうと心配になりながらも、残りの二日はのんびりと家で過ごすことができた。

菅原道真

冬休み明け、始業式の日。朝食の時に、「今日、神社に呼ばれてるんだけど、次は普通の、何も問題のない神様がいいなぁ」とポツリと言う。

するとと迦具土が答えた。

「誰もがそう思っているから安心しろ」

「そう言われると余計に嫌な予感しかしないんだけど」

お味噌汁《みそしる》を飲みながら、「普通はここで神頼みをするのかもしれないけど、神様に押し付けられるんだから、神頼みも意味ないよね」と呟く。

それを聞いて祖父も口を開いた。

「翔平、どんな神様がいらっしゃっても、私達がすることは今までと同じ神様の使いだ。それさえ忘れなければどのような神様であってもなんとかなるものだ」

「まぁ……そうなんだけど」

「そんなことより、時間はいいのか?」

「あ、ヤバい。行ってきまーす」

マフラーをしっかりと巻いて、自転車に乗る。

学校に着いたら、今日は全体集会のあとにロングホームルームで終わり。友達と一緒に自転車を押して校門まで行くと、何故か女子が集まっていた。

「なんだろうね?」

「いい男でもいるんじゃないのか? 腹減ったから早くお好み焼き屋行こうぜ!」

幼馴染《おさななじみ》で理髪店の息子の重春《しげはる》が言うので、そうだなと通り過ぎようとした時、「おにいちゃーぁん」と可愛らしい子供の声が聞こえてきた。

おにいちゃん?

顔を横に向けると、大国さんがニコニコと笑顔で手を振っていた。

「知り合いの子か?」

重春に聞かれ、「う、うん。なんでいるんだろうね……」と誤魔化して、女子の輪の中心に入って大国さんの前に立つ。

何してんですかぁぁぁ!!

「あのね、僕、おにいちゃん待ってたんだ」

いつも小学生くらいの姿なのに、何故か園児服を着て、カバンを斜めにかけ、ニッコリと笑顔で手を繋《つな》いでくる。

女子は「やだー、可愛いー！」などと言っているが、可愛さなんてない！

「なんでここに来てるんですか！　その姿もなんですか？」

「こちらの方がモテるんだ！　で、今日の件で連絡があって来たのだが、友人と予定があるのか？」

「と、友達とご飯でもと思ってて……」

こそこそと話していたら、「おにいちゃーぁん、僕も行きたーい」と大国さんがオネダリを始める。でも、流石《さすが》に連れていけない。

ううっ、ミックスのお好み焼きを大盛りにしようと思ってたのに……

「翔平？」

ため息をついていたら重春に声をかけられたので振り返る。

「あ、ごめん。迎えに来てくれたんだって」

「じゃあ、連れて帰ってやらないとな」

「悪いな。また今度誘ってくれ」

そうして自転車に大国さんを乗せて、俺は自転車を押しつつ歩いて帰ることになった。

「神社までですか？」と聞くと、「いや、お前の家」と我が家を指定。

「なんで？」

「実はな、来てもらおうと思って連絡をしたのはいいが、色々とあって今日は中止だ。で、暇だったからそのことを伝えに来たのと、ついでに昼飯を食わせてもらおうと思ってな」

「なんだ、せっかくみんなでお好み焼き食べに行こうとしてたのに！」

「すまんすまん。しかし、お好み焼きならば祖母殿に作ってもらえばいいではないか」

「そうなんですけどね？　友達と食べるからまた美味《うま》いんですって」

「そんなものか？」

「そんなものです。大国さんには友達いないんですか？」

しばらく何か考えていたようだが、「友ねぇ……おらんな！」と言い切ってしまう。

神様事情は俺にはわからない。

「こう、馬鹿なことを言い合ったり、たまに喧嘩《けんか》したり、仲直りしたり、くだらないことで笑い合えたりする人ですよ？」

「おらぬものは仕方ないだろう？」

「そうですけど……」

自転車を押して歩いたので、普段の倍の時間をかけてやっと家に辿り着き、祖母に大国さんが来たことと、お昼がまだだということを告げた。大国さんには祖父のいる炬燵《こたつ》で待っていてもらう。

着替えを済ませてから台所へ行くと、祖母が「私達はもう済ませたの。翔平が食べてくるって言ってたから」と冷蔵庫の中を見ている。

「大国さんもまだみたい。何かできない？　お好み焼きとか……」

「できるわよ、ホットプレートで焼く？」

「うん。大国さん、多分見たことないと思うし」

「だったら、出してちょうだい。その間に支度《したく》するから」

ホットプレートを出し、冷たいお茶ポットとグラス、ソースにマヨネーズ、鰹節《かつおぶし》に青のりなどの準備を始める。すると、迦具土も炬燵《こたつ》の部屋にやってきた。

「あ、おかえり……って、おい、なんで大国主様がいるんだ！　しかも縮んでるし！」

迦具土が驚くのも無理はない。あんな園児姿で校門に立っていられた俺だって驚いたんだから。

「校門にいたんだよ。まったく、幼稚園児の姿でもわかるってすごいよな」

「俺達は神気ですぐにわかる。でもなんで学校に？　今日は神社の日だろう？」

「今日は中止だって教えに来てくれたらしいんだけど、絶対口実だし、楽しんでるよな……」

「あぁ、楽しんでる……爺さんもなんか嬉しそうだけどな」

「うちの家族って変なのかなぁ？　あ、今から俺達は昼飯にするんだけど、迦具土もお好み焼き食べる？」

もしかしたら祖父母ともう食べたかもしれないと思って聞いたのだが、「お好み焼き？　なんだそれは」と興味津々《きょうみしんしん》だ。なので作ってみせた方が早いと思い、ホットプレートの前に座らせ、祖母から生地の入った大きいボウルを受け取る。

「大国さん、ミックスでいいですか？」

「みっくす？」

「あ、わからないか。じゃあ、ここに好きな具を入れてください」

小さいボウルにキャベツと卵を入れ、大きなボウルから出汁《だし》で小麦粉を溶いた液を注いだら、見本にとイカやエビを入れてまんべんなく混ぜる。

見よう見まねで大国さんと迦具土の二人も作って混ぜ、ホットプレートに全部流し入れ、丸い形に整えた。大きなホットプレートなので、小さめのものなら同時に三つは焼けるのだ。

最後に豚肉を載せ、しばらくじっと待つのだが……

「これで出来上がったのか？　生肉だぞ？」

大国さんにそう聞かれ、首を横に振る。

「いえ、この鉄のヘラでひっくり返します。大国さん、せめて小学生くらいの姿になってくれないと危ないですよ？　ホットプレートを覗くのに立ってるじゃないですか」

「女子高生には受けたのに。仕方ないか」

ポンと音を立てていつもの姿に戻った大国さんが、ホットプレートをじーっと見て、まだか？　まだか？　と急《せ》かしてくる。

ちょうどいいかな？　というところで、自分の分をヒョイッとひっくり返し、迦具土にヘラを渡す。するると、器用にひっくり返した。

そして大国さんはと言うと、何故かポイッと上に投げ、そして落とす。

もちろんひっくり返っていない。形も崩れ、丸ではなく半円に割れてしまっている。

「あぁぁぁぁ、何故だ！」

祖父は隣にいるのに、大きな声で源三郎ー！　と叫ぶ大国さん。祖父がなんとか形を整え、次は頑張りましょうと元気づけている。

焼き上がったものに、ソース、青のり、鰹節《かつおぶし》をかけ、好みでマヨネーズも。そうしてお皿に取り、いただきまーすと一口。

「おお、熱い！　でも……美味《うま》い！」

「ほほほ、火傷《やけど》されますよ」

祖母が冷たい麦茶を大国さんに渡す。その隣から、祖父が次は何を入れますかな？と聞いている。

ミックスを食べ終え、次の分を作るためにタネを迦具土に渡すと、「なんで納豆があるんだ？」と不思議そうに聞かれた。入れてみたら？　と言うと、疑わしげに納豆を入れ、混ぜ始める。

大国さんはチーズにイカとエビを入れ、先程のミックスのスペシャルバージョン作るようだ。

「え？　大国さん、そんなに入れるの……？」

具がこんもりとなったタネをホットプレートの上に置いたので、祖父が慌てて形を整えて、まだひっくり返してはいけませんよと言い聞かせる。

そして迦具土はタネからはみ出た納豆を見て眉間に皺《しわ》を寄せている。

「安心しろ！　絶対美味《うま》いから」と言ったものの、「白いご飯の上にかけた方が美味《うま》いだろう？」とまだ疑っている様子だ。

「卵焼きとかチャーハンに入れても美味《うま》いんだから、大丈夫だって。まぁ出来上がりを楽しみにって感じかな」

祖父の補助付きでお好み焼きをひっくり返すのに成功した大国さんが満足そうな顔をしていた。少し場所を譲ってもらい、自分のタネを流し込む。

次に俺が作るのは、すべての具をブレンドした翔平スペシャル！

多めのチーズが溶ける食感や、醤油《しょうゆ》マヨで食べる美味《おい》しさを思い出すと、焼いている間からヨダレが……

なんとか焼けた迦具土も一口食べて「美味《うま》い！」と絶賛している横で、自分の焼いたものにマヨネーズと醤油《しょうゆ》を混ぜたソースをせっせと塗る。「それも同じお好み焼きか？」と覗き込んできた大国さんと迦具土に、一口ずつ取られた。

「おおぉぉぉ!! 美味《うま》い!!」

「なんだかお前だけずるい味がするぞ!?」

翔平スペシャルです！と胸を張って主張している間にどんどん食べられ、結局、自分は食べられないまま、焼き係にさせられてしまった。俺のお好み焼き返せ！

やっと食べ終わったと思ったら、「さてと、翔平。ノートと鉛筆を持ってこい」と、大国さんに言われる。

本とともに持ってくると、机の上は片付けられていた。大国さんに、迦具土から神についてどこまで聞いたかと質問されたので、前にノートへ書いてもらった部分を見せる。

「ん？ なんだこれは……まさかこれだけしか教えていないのか？ 迦具土」

「その、色々ありまして……」

「色々じゃあない！　馬鹿もんが。今度の生徒には必要なことだ。翔平の知識が少ないときついかもしれん」

　きついってどういう意味だ？

「あのぉ、次の神様って誰ですか？」

「すが……いや、まだやめておこう。会ってからの楽しみにしたいしな。今日と明日で覚えろよ。今回は一週間から十日ほど、毎日相手をしてもらわなければいかんからな」

「毎日って、そんなぁ……せめて休みの日が欲しいです」

　元々、週二回という約束だ。いくら迦具土と一緒だと言っても、毎日となるとまた祖父母に負担をかけてしまうかもしれない。

「神様には休みがないんだぞ？」

「大国さん、今日、休みっぽいですけど？」

「それは……気にするな。祖母殿、馳走《ちそう》になった。また来る。迦具土、ちゃんと教えておけよ？　でないとお前も後悔するからな」

　大国さんはいつものようにパッと消えてしまった。迦具土が後悔するって、次の神様は本当に誰なのだろうか？

そう思って迦具土の顔を見るが、どうも知らない様子なので、ひとまず教えてよとノートを迦具土に渡す。

それから、民族信仰・陰陽道《おんみょうどう》などについて説明を受けた。

「覚えろ。名前だけでも覚えろ！　でないと俺が怒られる！」

その後、この日本で祀《まつ》られているのは純粋な神だけではなく、人神《ひとがみ》といって死んだ人を祀《まつ》ることもあると説明され、何人か知っている名前を聞いた。

「へぇ。聞いたことはあるけど、神様ってそこまで範囲が広いの？」

「アイスみたいに種類が多いと思え」

なんだよ、その例え……と突っ込む。ここまで色々と教えてもらったけれど、誰が来るのかさっぱりわからない。

「毎日ってのがちょっと引っかかるんだ。それに大国さんも何か焦っていたような気もするし。爺ちゃん、授業するの、夜だよね？　神社でかな？」

「多分そうだと思うぞ。毎日となるとやはり近所の目もあるしな……」

「えー！　学校終わってからずっと通うって、やだよー」

「そう言うな。大国主様がお困りになっているならお助けするのが私達の仕事だ」

　この一月の寒空の下、自転車で夜道を神社から帰るのは、男といえども気味が悪い。かといって、いつまでもこの家で授業をするというわけにもいかないだろう。

「迦具土も一緒だよな？」

「まぁ……お前の補佐だし」

「どんな神様か、わかんないの？」

「聞いてないからわからん！　諦めろ……」

　神様、普通の問題のない生徒にしてください！

　そう願うも、連れてくるのも、連れてこられるのも神様だ。なんで今日、学校で大国さんを拾ってきちゃったんだろうと後悔するも、時すでに遅し！

「俺、とっても嫌な予感しかしないから、本読んでおくよ」

「頭に叩き込めよ？」と、迦具土にノートを渡されたので、「わかったよ」と返事をする。迦具土の書いてくれたものを、本と突き合わせつつ読んでいく。

「うぅ、暗記、苦手」

「翔平、何度も読み返して、わからないことを書いていったらどうだ？」

「うん……」

祖父に言われた通りに書き出しながら勉強する。夕飯が終わり、寝る時間まで祖父も付き合ってくれ、たまに知っていることも教えてくれたので、少しだが理解はできた。

もうこれ以上は覚えられないから寝ると部屋に行き、布団を被った。

それからしばらく、学校でも授業中にノートを取るふりをしながら、違うノートを見て、神産みだとか、国産みだとかの言葉を調べ、神話の物語の本なども読んでいく。帰宅したらしたで、さらに祖父と迦具土から地理や歴史の話を寝るまで延々と聞かされる。もう頭がパンクすると思った頃、神棚に神社へ行く日時が記《しる》された紙が届いた。

そして、翌日の水曜日、帰宅してから急いで支度《したく》する。

「最近、毎日が早いよ……行ってきまーす」

迦具土にも自転車を買ったので、二人でそれぞれ乗っていき、駐輪場に停めて茅葺《かやぶき》屋根の家に向かう。その途中、「俺は一瞬でこっちに来られるから自転車など必要ないのに」と、迦具土が言った。

「いいじゃん、一人は嫌なんだよ！　寒いし、暗いし、何か出そうだし！」

「ここの神社は出ねーって。出るのは、この近くの小さな社《やしろ》の……」

「やーめーてー！　本気でおばけ無理！　その話、最近学校でもよく聞くから嫌なんだよー」

　こんなに真剣に嫌がっているのに、迦具土は「で、その神社に夜な夜な……」と、わざと続きを話してくる。

「阿呆土ー！」

「誰が阿呆土だ！　暗いのなんて慣れろ。明かりも点いてるじゃないか！」

　とにかく早く入ろうと迦具土を引っ張って扉を開けると、すでに部屋は温まっていた。マフラーとコートを脱いで、玄関の脇に置く。

「こんばんはー」とこそっと室内を覗くと、「遅い！」と胡坐《あぐら》をかいている大国さん。少し不機嫌なように見える。

「すいません……？　あれ？　八意さんは？」

「もう着く。相変わらず手間取っている様子でな……実は、今回頼みたい人物なんだが、ちょっと変わった者なのだ」

　そう言うあんたも相当だよ！　大国さん！

「翔平が学校に行っている間は、迦具土に頼む。帰宅したら翔平はこっちに来てくれ。できれば夕飯もここでとってもらいたい」

「えー、婆ちゃんに昼も夜も弁当頼むの？」

「そ、それなりの報酬は出してるだろう？」

「そうだけど、ここじゃ温かいご飯食べられないよ？」と抵抗してみる。

「カセットコンロというのと、ストーブがあればなんとかなるだろう？」

　神社の敷地内でそんなことしていいわけないだろ！

　思いっきり心の中でツッコミを入れると、心を読んだのか大国さんが、結界も張ってあるし、次の神様もここで寝起きすると言ってきたので、もう何も言うまいと、八意さんが来るのを待つ。やがて、扉が開いて八意さん達が入ってきた。

「すまんな、遅れてしもうた」

「あの……」

　八意さんの隣にいるのは、着物姿の体の大きな男性。

被り物からして、かなり古い人だと思う。どこかで見た気が……

そんなことを考えていると、「今回頼みたいのは、この方じゃ」と八意さんがいつものように髭《ひげ》を触りながら言う。

「菅原道真《すがわらのみちざね》と申す」

「俺でも名前知ってる！　なんで？　なんでここにいるの？」

「翔平、そう興奮するでない。実はのぅ……神と一口に言っても、色々と種類があるのはもう覚えたかの？」

八意さんに聞かれ、「はい……」と答えるものの、全部覚えたわけではない。

「ふむ。道真公と大国主様との会談の際にお主のことを話してのぅ。道真公が興味を持たれたそうじゃ。それで、今回は――話し相手になってもらいたい」

八意さんの説明に、大国さんが頷く。

「そういうことだ」

どういうことだよ！　それにさっきの質問の意味は？　大国さん達神様は、言葉が足りないから困る！

呆れつつも、道真さんに声をかける。

「えーと、菅原道真さん？」

「雷公《らいこう》でもなんでも好きに呼ぶとよい」

「じゃあ、道真さんでいいですか？」

「うむ」

「なんで俺なんですか？」

ただの人間の何に興味を持ったのか、そもそも大国さん……何を話したんですか？

そう聞きたいのをグッと堪《こら》えた。

「大国主が面白い子供がいると言っていたのも理由だが、息抜きがしたい。もし無理であるならば……」

「いえいえいいえ。大丈夫ですよ、佐野翔平です。よろしくお願いします」

そう言って頭を下げる。

今回は有名な菅原道真ということもあって、正直なところ、かなり興味が湧いた。

だが、この間、大国さんが毎日と言っていたし、明日からどうなるんだろう……

心配そうにしていたら、特に注意事項はないので、今日はもう帰っていいと告げられた。明日、学校が終わったら来ますと言って家を出る。

自転車で帰る途中、肉まんを四つ買った。家に到着して早速、祖母に肉まんを渡して、冷蔵庫からお茶のポットを出してお茶を入れる。すると迦具土が呆れ顔になった。

「お前、冷たいものばかりじゃお腹壊すぞ?」

「喉が渇くんだよ」

買ってきた肉まんでお茶にしていると、「今回はどんな方だった?」と祖父に聞かれる。

「爺ちゃんも驚くと思うよ。なんと菅原道真だって!　すごくない?」

「すごいどころか、またどうしてそんな方が……」

「俺に興味を持ったとか言ってたけど。あ、肉まん冷めるよ?」

祖父にも肉まんを勧めつつ、今日のことを思い出して呟く。

「でも、昼も夜も婆ちゃんにご飯作ってもらうのもなー」

大国さんから聞いたことを話すと、祖母は「私は構いませんけどねぇ」と、ニコニコ笑う。

「カセットコンロと、ストーブでなんとかしろって」

「そうねぇ、だったら翔平が料理したら?」

「は？」

「おかずとかは持たせてあげられるけど、汁物は無理でしょう？　それに、道真公の食事情がわからないとねえ」

料理は手伝いくらいしかしたことがないのに、なんて難題を突きつけるんだ！　それに俺は来月初めからテストだよ！

心の声が口に出ていたらしく、「勉強を教えてもらったらいいだろ？」と迦具土が言ってくる。

「誰にだよ？」

「道真に。勉強と言えば道真だろ？」

「勉学の神様に教われなんて、怖いこと言うな！　迦具土の馬鹿ー」

残りの肉まんを食べながら、明日は祖母におにぎりを作ってほしいこと、卵焼きと煮物、あと味噌汁《みそしる》を大きな水筒で持っていきたいことを伝えた。すると、祖父が急に渋い顔をする。

「翔平、まさかとは思うが……」

あ、これは神様の勉強をせずに休むつもりじゃないかって聞かれるな……

祖父の一言に、慌てて「よ、読むよ？　今から……風呂入ってから読む！」と答える。

「まだ何も言っておらん……」

「だって……」

「だってじゃない。本に載っていることがすべてではないから、ちゃんと道真公と向き合って話をしなさい」

「わ、わかった」

風呂に逃げ、湯船に浸《つ》かりながら、道真さんについて学校の授業で習ったことを思い出す。が、左遷《させん》されたり、怒って雷を落としたりした人としか思い浮かばず、明日聞けばいっか！　と風呂を出た。

翌日、学校から帰宅してすぐ、祖母に作ってもらった弁当を持って神社へ行く。今日は大国さんに言われた通り、迦具土が先に来ているはずだ。

「こんにちは」

戸を開けて挨拶《あいさつ》して中に入ると、「ばかもーん！　これは斜めには動かぬと言ったではないか」と、いきなり道真さんの大きな声。迦具土と何かしているらしい。

「じゃあこっちで」

「それもいかーん！　王手になるではないか」

将棋かな？　王手になるから置いちゃいけないって、どんな将棋だよ……

襖《ふすま》を開けて重箱の入った風呂敷と、買ってきたジュースとお茶を置き、紙コップも用意する。

もうひと勝負！　と声が聞こえたので、その間に水が出るか確かめに行くと、裏口に蛇口があり、そこの水が使えるようだった。いちいち外に出るのは面倒だなーと思いながら、持ってきた鍋に水を入れてストーブにかける。

パチッパチッと駒を置くいい音が聞こえてきた。邪魔してもいけないので、リュックから今日の数学と化学の課題プリントを取り出して文机《ふづくえ》で頭を悩ませる。

いつの間にか集中していたようで、「今の学生達は難解な形の問題を解くのだな……」と、道真さんに声をかけられるまで気づかなかった。

「道真さん達が将棋をさしていたので、宿題してました」

「うむ！　偉い！」

「はぁ、ありがとうございます」

ここでやらないと、家に帰ってからは時間が絶対にないと思って持ってきたのだが、道真さんはプリントを見るなり、「まったく意味がわからん」と言って、将棋に誘ってきた。

あと一枚だけで終わるからちょっと待ってほしいとお願いすると、「翔平と言ったな？　お主は頑張り屋な子だな」と何故か頭を撫《な》でられる。

なんとか答えの欄《らん》を全部埋められたので、将棋しましょうか？　と声をかけたところ、道真さんは風呂敷が気になったらしく、先に食事にすることに。

一緒に持ってきた徳利《とっくり》に、台所に置いてあった日本酒を入れて、ストーブの鍋の中へと入れた。それを熱燗《あつかん》にする間、風呂敷から弁当を取り出して並べる。

「ほう、これはまた色とりどりで綺麗だな……」

「婆ちゃんが作ってくれたんです。お箸と紙皿を置いておきますので、好きなのをとって食べてください」と説明した後で、一人ずつのお弁当にした方がよかったかもしれないと慌てていると、「食事については大国主から聞いておるし、私は気にしない」と言う道真さん。

それから、頂きますと手を合わせ、鍋から出した徳利《とっくり》を拭いて道真さんのお猪口《ちょこ》に注ぐ。

「うむ、美味《うま》いな。卵も美味《うま》い。この明太子とキュウリの数の子和《あ》えは酒によく合う」

「あの、普通のご飯はよく食べるんですか？」

以前、迦具土から神様は普通の食物を食べる必要はないと聞いていたので、気になって聞いてみた。

「時折、色々な神が会いに来てくれる。その時に食べるが、何故だ？」

「なんか俺、先生役なのに神様について本当にわかってないなって……」とつい本音が出てしまい、怒らせてないかな？　と道真さんを見る。

「それは仕方がないことだと思うが？」

おつまみを食べながら答えてくれる道真さん。

「それでいいんでしょうか？　あ、すいません。道真さんはここへ寛《くつろ》ぎに来ているのに、相談みたいなことしちゃって……」

「何、構わん。構わん。ちゃんと自分の意見が言えるのはいいことだ」

その後もぱくぱくとつまみを食べ、熱燗《あつかん》のお代わりをし、上機嫌の道真さんだったが、途中でウトウトとし始めた。なので席を立ち、迦具土と布団を敷いて運ぶ。

「この重さって着物のせいかな……」

「だろうな。この帽子脱がしたらまずいか？　こいつと同じ時代の連中は脱いで寝てた気もするんだが、まぁ、いっか」

顎紐《あごひも》を解いて被り物をとり、毛布と布団を肩までちゃんとかけ、片付けて家を出る。

「なぁ、毎日こんな感じでいいのかな？」

「さあな。俺は明日も昼から行くけど、また将棋かなー」


家に着き、風呂に入っている間に祖母が重箱などの片付けをしてくれた。風呂を出た後、お弁当はどうだったかと聞かれる。

「うん、美味《おい》しかったって。でも、つまみ系ばっかり食べてたなぁ」と食事の時のことを思い出す。

「あら、そうなの？　昔の人はどんなご飯を食べてたのかしらねぇ」

ほほほ。と、楽しそうに笑っている祖母に、明日もよろしくと言って布団に入って寝た。

次の日もその次の日も、学校から帰ってすぐに神社へ行き、特に何をすることもなく、宿題をしてお弁当を食べて、他愛《たあい》ない会話をして帰宅。

将棋より簡単だからと、トランプとオセロを持っていくと、道真さんはすぐにルールと勝ち筋を理解してしまった。

見た感じは貫録《かんろく》があり、少し怖そうに見えるが、話すと気さくで、国語のプリントをしていると漢字の間違いなどを教えてくれる。人は見た目によらずという言葉がぴったりな人かもしれない。

しかも、結構話好きのようで、話し相手が欲しかったというよりは、俺に自分の話を聞いてもらいたかったんじゃないかとさえ思えてくる。

今日も、道真さんが課題のプリントを覗き込んで話しかけてきた。

「翔平、この古文とやらのお題に悩んでいるようだが？」

「ちょっと苦手で……でも、なんとか自力で頑張ります」

「そうか？」

きっと道真さんには簡単なんだろう。なんと言っても平安時代の人だし……

ちらっと見ると、迦具土とオセロで勝負を始めていたので、さっさとプリントを終わらせてご飯の準備をする。

二日目からは重箱の一段目がすべておつまみに変わっていたので、道真さんは喜んでいた。

食事をしながら、昔の話を聞く。今とは随分違う生活だったんだなぁと思っていたら、「昔は灯りがこんなになく、夜は書物を読むのも難儀した」とポツリポツリと語ってくれる。

道真さんはこういう雑談でも説明がわかりやすいし、昔の道具などは紙に筆で絵を描いてくれるので、とても想像しやすい。

学校の先生もこんな風に教えてくれたら、苦手科目がなくなるんじゃないかなーなどと考えていると、「誰しもがうまく説明できるわけではない」と言われてしまった。

そういえば、神様には心の声が筒抜けなんだった。

「あの、道真さんの時代って、夜は提灯《ちょうちん》とかの灯りだったんですよね？　夜に出歩く時、怖くなかったんですか？」

なんとなく気になったので聞いてみたところ、道真さんは昔を懐かしむように目を細める。

「牛車《ぎっしゃ》に乗っている時は、そうは感じなかったな。しかし日暮れを怖がる者もいた。私も幼少の頃は化け物が出ると思って怖がったが、成長してからは本当にいるのならば姿を見せてみよと考えるようになり、わざわざ廃屋に行ったこともある」

「肝試し？」

「そうなるのかな？　だが、翔平の歳の頃は勉強することが楽しくて、本ばかり読んでいた。十八の歳には文章生《ぶんしょうせい》になっていたから……」

「なんですかそれ」

「今の大学生みたいなものだ。一番、勉学に夢中になっていた時期かもしれん」

平安時代の話を聞き、その日も無事に終わったが、今までのことを考えてみると、勉強したり道真さんの話を聞いたりしているだけで、外に出ていない。

すると、迦具土に声をかけられた。

「何を考えてる？」

「んー？　ちょっとね……」

家に帰ってから、祖父に相談があると話し、祖父の部屋で座布団に座る。

「爺ちゃん、毎日婆ちゃんに弁当を作ってもらってるけど、婆ちゃん大丈夫かな？」

「張り切っているぞ？　それがどうかしたのか？　道真公のお口に合わなかったとか……」

「いつも美味《おい》しいって食べてるよ。それに、当時の話も沢山してくれて新鮮なんだ。で、神様って基本的に神社とかに一人でいるから、誰かに話を聞いてもらいたいんじゃないかなって、ここ数日で思うようになって……。それと気になったのが、道真さんがまだ一度も外に出てないことなんだ」

「確かに、ずっと家の中というのも気が塞ぐだろうが、それをどうするのか決めるのは、翔平、お前の役目だ。何が道真公のためになるのかよく考えてみなさい」

「考えてみるよ。また……話してもいい？」

「もちろんだとも」

おやすみと言って二階に上がり、迦具土の部屋を覗くと、もう寝ている。なので、自分の部屋に戻って学校の授業の予習をしておくことにした。

三連休の翌日の学校は、雪で警報が出たので休みとなり、朝ご飯を食べてから、祖母の手伝いをすることにした。

「あ！　卵が！　婆ちゃん、焦《こ》げる！」

悪戦苦闘して作った玉子焼きは少し甘め。そしておむすびを、鮭《さけ》・おかか・明太子の三種類作った。後ろの台では迦具土が白菜をぶつ切りにしている。

作ったものをなんとか重箱に詰めたが、荷物の多さに加え、弁当の見た目がどうもイマイチでちょっと落ち込む。

「初めてにしては上出来よ。ほら、ウインナーは上手に焼けたじゃないの」

「それくらいはできるよ。婆ちゃん、他を褒めてよね」

「ほほほ。気をつけて行ってらっしゃいな」

二台の自転車の荷台に荷物を括《くく》りつけ、かっぱを着てゆっくりと進む。

結構な雪が降る中、夜にはやんでくれればいいなと思いながら、自転車を漕《こ》ぎ続ける。神社に着いた時には寒いのに汗だくだった。

「風邪引きそう」

荷物を一気に持ち、土間の上に運んでから、こんにちはと挨拶《あいさつ》をし、お湯を沸かす。

「熱いので気をつけてくださいね」

道真さんが本を読んでいる横にお茶を置いて、読み終わるまで迦具土とトランプで遊ぶ。その後、そういえばじっくりとこの家の中を見たことがなかったなと気づき、探検しようということになった。

「上への階段とかないのかな？　ほら、隠し階段的な」

「天井にあるだろ？」

「どこかわかんないよ……」

懐中電灯で照らして、棒でつついていると、カタンと音がして天井の一部が浮く。

二人でどうにか開けたら階段が出てきたので、からくり屋敷みたいだと言いながら上《のぼ》る。

上には巻物や壺、本が置いてあり、かなり埃《ほこり》を被っていた。

「この家って、神社の人が管理してるんだよね？」

「これは今まで見つからなかったんだろう。で、どうするんだよ、これ」

「触ったらやばいかな？」

そう言った瞬間、迦具土が遠慮なしに本を一冊手に取り、埃《ほこり》を払う。

「おい！」

「いいんじゃねーか？　人の匂いはしないし」

「そんなことわかるの？」

俺だって中身を見てみたい。でも、もし価値のあるものだったらと思うと怖くて手に取れない。

なのに……

「ほう？　こんなところに隠し部屋が？」

いつの間にか上がってきていた道真さんが、「書物がいっぱいあるが……」と手に取る。道真さん、やめて！

このあとの展開が予想できすぎて今すぐ帰りたいと思いつつ、諦めてバケツと雑巾《ぞうきん》を用意し、再び上へ。すると迦具土が言った。

「よくわかってるじゃねーか！　掃除だってよ」

「やっぱりか」

迦具土と二人で乾いた雑巾《ぞうきん》を使い、埃《ほこり》をそっと拭《ぬぐ》っては捨て、拭《ぬぐ》っては捨てと繰り返す。本の手入れは道真さんがしてくれるというので、床掃除も始める。

「なんで雪の日に大掃除なんだよっ！」

「俺に言うな！　そもそも俺は道真より格が高いんだぞ！」

文句を言う迦具土と二人で半分ずつ屋根裏の床を拭く。屋根までが高く、文机《ふづくえ》や燭台《しょくだい》なども置いてあったので、蝋燭《ろうそく》を持ち込んで灯りをつける。すると道真さんが満足そうに頷いた。

「かなり古いものだが、そんなに損傷がなく保存状態もよい。しばらく退屈せずに済みそうだ」

退屈だったんですか、あなたは!!

ひとまず食事にしようと下りていくと、昼はとうに過ぎていた。余分に作ってきたおむすびを食べてから、もう一度掃除に戻る。

「ここのこと、大国さんは知っていたんでしょうか？」

そう道真さんに話しかけたら、迦具土が口を挟んだ。

「知ってるに決まってんだろ？　絶対に面白がってやがる」

「そう怒るなって。でも、秘密にしていたんだから、大切なものなのかな。ちゃんと報告をした方がいいかも」

いくら結界が張ってあって、他の人からは見えないようにしてくれているとはいえ、勝手なことをして神社の管理の人にバレてしまったら元も子もない。それよりは先にこちらから伝えた方がいいんじゃないだろうか。

すると、道真さんに聞かれた。

「翔平よ、誰になんと言うつもりだ？　ここで遊んでいたら見つけましたと言うのか？」

「あ……」

「はっはっはっ。お主は若い頃の私に似ているところがあるなぁ。だから大国主も紹介してくれたのかもしれぬ。さて、日が暮れるまでにもう少し掃除を進めておこう」

そう言いながら自ら雑巾《ぞうきん》を絞って拭き掃除を始める。

掃除まで自分でやるなんて、かなりイメージと違うのだが……

分担して掃除をした後、時計を見て夕飯の支度《したく》に取りかかった。

手を洗って、鍋に水を入れ、婆ちゃんが作ってくれた濃縮の出汁醤油《だしじょうゆ》を注いで味見をし、肉や魚、野菜をどっさりと入れて煮えるのを待つ。

迦具土と道真さんも呼んで、埃《ほこり》を払って手も洗うように伝えた。部屋に戻ってきた二人は、手は綺麗なのだが、顔が汚い……

　タオルを濡らして顔を拭かせてから、今日は鍋だと教え、しばらく待ってもらう。

「ほぉ、魚は鱈《たら》か。よいのぅ」

「あ、道真さん、まだ蓋を開けちゃ駄目ですって！」

「もうよいだろう？」

「もうひと煮立ち待ってください」

「迦具土よ、翔平はケチだなぁ」

　ケチなんじゃあない。婆ちゃんに教えてもらった通りにやってるだけだ！

「たまにすっげーケチだ！」と、ここぞとばかりに主張する迦具土に「そんな強調しないでよ」と文句を言う。

　そうしてわぁわぁとやっていたら、道真さんがいつの間にか酒の用意をして飲み始めていた。重箱のつまみも出して、先に飲んでてくださいと、煮えた肉や魚に野菜、きのこを器に入れて渡す。

　魚を食べた道真さんは、美味《うま》い！　と言いながら、いつもと同じようにいろんな話をしてくれた。

「道真さんの神社って、受験生がよく来るんですよね。俺も来年は行こうかなぁ」

「訪ねてくれればいい。しかし神頼みをしたとしても、落ちるものは落ちる」

「それを言っちゃ駄目なんじゃあ……」

道真さんが、ちらりと迦具土を見た。

「勉学というのは毎日の積み重ねだ。今は学校があり、専門の者が教えてくれるのだろう？　ちゃんとその者の話を聞き、勉学に勤《いそ》しんでおれば、問題なく受かると思わんか？」

「神頼みもしたくってみんな行くんですよ。少しでも安心したいんだと思うんですけど」

「そうだな。それは否定しないが、努力もせずお参りされても……なぁ？」

道真さんの言いたいことはわかる。

迦具土をちらりと見たのも、同じ神様同士、わかり合える部分があるのだろう。

しばらく鍋をつついた後、「まだ魚はあるかね？」とお鍋を見ている道真さんの取り皿に鱈《たら》とつくね、白菜を入れる。すると、つくねにレンコンが入っているのがいいと言われたので、祖母に教えてもらって作ったと話したら喜んでくれた。

何かを作って喜んでもらえるのはやっぱり嬉しい。

「この卵も翔平が焼いたのかね？」

「不格好ですいません。なかなかうまくできなくって」

「いや、上手にできておるよ」

迦具土にも冷やかされながら、食後の片付けをして外を見る。

「雪、やまないね」

「どうする？　泊まるなら電話しないといけないだろう？」

「でも明日のご飯のこともあるから帰るよ」

そう迦具土と相談してから、道真さんに、雪がこれ以上酷《ひど》くならないうちに帰りますねと言って帰り支度《じたく》をしていると、明日は本を一冊持ってきてほしいと言われる。

「今の流行《はや》りのものであればなんでもいい」

それ、一番困るやつ！

だが、持ってきてほしいと言われたら探すしかないので、わかりましたと答え、雪道を歩いて帰った。

「なぁ……俺、本棚に漫画ばっかだよ。何を持っていけばいいんだろ」

「俺もこの家に来て、お前の漫画しか読んでないから、わからん」

部屋で本をあるだけ出し、道真さんが読めそうなものを探すが、バトルものの漫画が多く、これだと思えるものがない。

「これいいんじゃね？　道真といえば、遣唐使としても働いてたはずだし、ちょっと歴史っぽくないか？」

迦具土が手に取ったのは、昔、興味本位で買った古事記の本なのだが、内容のほとんどが漫画となっている。本と言えば本だけど、いいのだろうか？

結局、持っていく本は古事記の漫画本に決め、お風呂に入ってから布団にくるまり眠った。

次の日も大雪で、バスや電車が止まり学校が引き続き休みになったせいで、土日祝と合わせて五連休。

学生には嬉しい休みだが、神社へ行かなければいけないので、休んでいるのかいないのか微妙なところだ。

一応あの後、祖父にも何かいい本はないかと聞いたが、「剣道の本ばかりだから面白くないぞ?」と言われてしまった。

祖母も、男性が好みそうな本は持っていないとのことなので、諦めて一冊だけカバンに入れ、弁当を持って裏庭に行く。そこには迦具土が待っていた。

「あー、寒い!　早く掴まってくれ」

雪のため、自転車は危ないと思い、迦具土に連れていってもらうことにしたのだ。一瞬で神社に行けるのなら、毎日そうしてくれと言ったけれど、なるべく力は使いたくないんだとか。

迦具土に掴まってすぐフワッと体が浮き、目の前が眩《まぶ》しくなったので目を閉じる。直後、着いたと言われて目を開けた。

「嘘!　もう神社の中じゃん!」

「まあな、大国主様の許可がないと鳥居の前までしか行けないことになってるんだが……」

「雪だから許可してくれたのかな?」

「ま、そんなとこだ。早く行こうぜ。寒いのは本当に無理だ！」

おはようございますと玄関を開けると、いつもいる部屋には道真さんがいない。荷物を置いて昨日の屋根裏の方へと行くと、蝋燭《ろうそく》の灯りで本に読み耽《ふけ》っていた。

やっぱりと思いつつ、お茶を淹《い》れて持っていくと、「うむ」と言ってまた本に集中するので、お昼ご飯まではそっとしておくことにした。その間に迦具土を無理やり外に連れ出して、どこまでが結界の範囲内なのかを聞く。

庭は大丈夫とのことだったので、バケツに雪を入れて固め、それを大きく積み、隙間を埋めて土台を作る。迦具土に屋根を作ってもらった。

「なんだこれは……」

「えへへ、かまくら？　っぽいもの」

「ぽいものって、違うのか？」

「テレビで作ってるのを見て、真似しただけだから。入ってみようよ」

二人で入っても結構な広さがあったので、ござを敷いて小さな机を置き、道真さんを呼びに行く。

「道真さん、外の雪すごいよ？　見せたいものがあるから来てほしいんだけど」

「これを読んでから……」

「もう！　ずっと家の中ばかりだと体を壊すって！」

テンションが高くなっていたので、つい夕メ口をきいてしまった。「すいません」と呟くと、道真さんは構わんよと立ち上がってくれる。

外に出てみると、かまくらもどきの横に雪だるまが作ってあり、腕代わりらしい木の棒の先には迦具土の手袋がはめてあった。

ちょっと可愛いぞ、迦具土！

「かまくらを作ってみたんです。三人入れそうだし、思っていたより暖かいから、お昼はここでお餅でも焼きませんか？」と道真さんに聞きつつ、迦具土を見る。

「焼くのは俺かよ！」

「頼むよ、七輪があったもん」

迦具土に持ってきてもらった炭と弁当と餅を中に運び込む。お茶はやかんで淹《い》れたもの。味噌汁《みそしる》も大きい水筒に入っている。必要なものが準備できたところで、迦具土に七輪に火をつけてもらう。

かまくらに入った道真さんは、興味深そうに中を見回している。

「かまくらか。実は一度も入ったことがなかった」

「そうなんですか？　意外だなぁ」

「なんでも経験しているわけではない。これはこれでいい経験になる。それより火を使って溶けたりしないのか、それだけが心配なんだが……」

それは俺も思ったが、テレビで見た限りでは溶けてはいなかったと説明した。

「実は、ここまで雪が降ることってなくて、俺も初めてなんです。迦具土が手伝ってくれたのでできたんですけど、一人だったら作れなかったかも」

「ほう？　迦具土は人の言うことを聞かないと聞いていたが……」

「誰に聞いたんですか？」

「八意思兼命だが？」

「あんのクソジジイ！　今度あったら蹴飛ばしてやる！」

迦具土はそう言ってはいるが、八意さんと迦具土は俺と爺ちゃんみたいな関係にも思える。とりあえず言わせておくことにしよう。

わざわざかまくらを作って道真さんを誘ったのには、一応理由がある。ここに通うようになってから、道真さんは本を読んだり、迦具土と将棋をしたりしてばかりで外に出ようとしないし、今で言う『引きこもり』なのではないかと少し思っていた。なので、外でも楽しんでもらおうと考えたのだ。

まずはこのかまくらでの食事で和《なご》んでもらえたらいい。食後のことは後で考えよう……

「道真さん、お餅、何で食べます？」

醤油《しょうゆ》ときな粉しかなかったが、きな粉には砂糖を混ぜてあるので甘くて美味《おい》しいはず。

「きな粉にしよう。醤油《しょうゆ》は食べ慣れているから」

「きな粉は食べたことがないんですか？」

「昔は裕福な家でも、そうそう甘味は食べられなかったものだよ」

「だったら、きな粉にしますね。迦具土は？」

「俺も同じでいい。あんこときな粉だったら最高に美味《うま》いのに！」

「はい、我儘《わがまま》言わないの。お餅の焼け具合はまだかなー？」

今日のお餅は友達の家から貰ったもので、市販のよりも柔らかく、早く焼ける。

「前に話したかどうかはわからんが……」

お餅をひっくり返していると、七輪で暖を取りながら道真さんが話し出す。

「私は幼少の頃より才があると言われ、詩などを詠《よ》み、勉学に励んだ。それなりに剣術もやったが、やはり読書の方が好きで、いつも部屋にこもっていた。十八の時に文章生《ぶんしょうせい》、今で言うところの大学生となって、三十を過ぎてから文章博士にもなって、朝廷でも勤め、最終的には右大臣になった。ここまでは知っておるかな?」

「学校で習いました」

「その間も、色々あって……遣唐使を廃止にし、さぁこれからだと思っている時に、色々とケチをつけられて子供達は流刑。私は左遷《させん》され、生涯を終えた。その後、何かあるたびに道真の祟《たた》りだのなんだのと言われ、雷を落としたからと雷公と言われ……夜な夜な怨霊《おんりょう》が出るとまで。今の書にどう書かれておるのかは知らぬが、結局は周りに振り回されただけのこと。誰も恨んではおらぬのに、怖い人というイメージがついてしまった」

一気に話して喉が渇いたのか、お茶をクイッと一気に飲んだので、新しくお茶を注ぐ。

「もしかして、悩んでます?」

焼けた餅をお湯に浸《ひた》して湯切りし、きな粉をまぶしてからお皿に二つ置いて、お箸と一緒に渡す。

「そうだな、悩んでおるというよりは、誰かに愚痴《ぐち》を聞いてもらいたかったのかもしれん。普段は人と接することなどないから。それに、なんとなく話したくなったのだ」

確かに、道真さんには怨霊《おんりょう》になったという話や雷神になったという話がある。でも、怖い見た目と違って繊細で優しい人なのではないだろうか？　そんな風にさえ思う。

「おい、俺のきな粉餅！」

人が余韻《よいん》に浸《ひた》っている時に、横槍を入れてくる迦具土にも、きな粉餅を二つ。

その後もどんどんお餅を焼いていき、お腹がいっぱいになったところで、お茶を飲んでまったりする。

「狭い分、なんか暖かいね」

「道真が場所をとってるからな！」

「もう、迦具土ってば憎まれ口しかきけないわけ？」

「ふん！　俺の方が格上だと言っただろう？」

「そうなのかもしれないけど、今は関係ない気がする……」

俺が渡した本を懐《ふところ》から取り出した道真さんは、そのまま読書タイムに入った。かまくらにいてくれるならまだましかと思いつつ、迦具土と二人で雪合戦をすることに。二人で雪玉を沢山作り、多く当てた方の勝ちと、逃げ回りながらも抱えた雪玉を投げていく。

ヒュン――

「ブハッ」

迦具土の顔に命中した雪玉は、俺が投げたものではない。いつの間にか八意さんがやってきていた。

「ふむ。結構当たるものだの？」

「八意さん」

「クッソジジイー！」

標的を変えた迦具土はこれでもかと雪玉を投げたが、思ったよりも身軽に避ける八意さんには全然当たらない。その時、また迦具土に雪玉が命中した。

バシッ――

「誰だゴラァ！」

勢いよく叫んで振り向いた迦具土の動きが一瞬止まる。続けて、雪崩《なだれ》のような大量の雪が迦具土に降りかかった。

「大国さんまで……」

「何やら楽しそうな声が聞こえたんでな。様子を見に来た」

「これ、もう雪合戦になってないです」

「ちょっと待ってろよ」

そう言って指を一振りした大国さん。

すると目の前に一メートルほどの高さの雪の壁ができた。迦具土の方にも同様の雪の壁ができている。

「さて、二手に分かれて試合でもしよう」

「試合って……」

「そうだな。翔平、迦具土と八意はなんだかんだ仲がいいと思うよな!!」

「は、はい……」

有無を言わせない聞き方にそう返事をするしかなかったのだが、迦具土は「仲よくねーし!」と悪態をついている。

「よし、そういうわけで俺と翔平、迦具土と八意で組むぞ。今から五分間で雪玉を作れ。八意よ、空は飛ぶな」

ええええぇ! そんな小さな体でできるんですか? 雪合戦。

「心配いらん。小さい体の方が隠れやすいし、俺は雪玉を作るからお前が投げろ! あっちも同じことを考えているだろうが、迦具土が素直に言うことを聞くとは思えん。『ちーむーわーくぅ』というもので勝つぞ」

「チームワークです!」

この人もたまにおかしな言葉を覚えてくる。

そう思いつつ隣を見ると、ジャンパーにマフラー、手袋、耳まで被ったニットの帽子姿の大国さんが視界に入った。

せっせと雪玉を作る様子は、小さな子供そのもので、末っ子の自分からしたら弟ができたような感じだが、正体を知っているだけに弟などとは口が裂けても言えない。

その時、聞き慣れた声が聞こえてきた。

「おお、やっておるな!」

「爺ちゃん⁉」

「雪が少し治まってきたから、様子を見に来た。大国主様、八意様も雪合戦ですかな？」

「源三郎もやるか？　と誘いたいところだが、あの祠《ほこら》の中で暖まっていろ。こんな寒いのに出てきて……体に障《さわ》るぞ？」

「もう平気です。が、お言葉に甘えて」

大国さんに言われた祖父が、頑張れよと口にしつつ、荷物をかまくらの中に持っていく。

「よーし！　始めるぞー」

その一言で開始となった。まず相手方の壁を崩していく作戦を立てたため、端の方に当たるように雪玉を投げる。

「翔平、ど真ん中をぶち抜け」

「無理無理無理無理！　普通、徐々に崩すか、出てきたところを狙うかですよ……それに、神様相手に勝てるとは思わない……っと、俺が狙われて危ないです！」

「もう少し粘《ねば》ってくれ。この雪団子の山ができたら参戦する」

「早く加勢してくださいよ?」

「おう!」

　相手方で主に雪玉を投げるのは迦具土だが、八意さんもひょこひょこと出てきては投げるので、お互い作りながら投げているのだろう。

　徐々に壁の端が欠けてきたため、次に迦具土が出てきたら当てようと思っていたら、あちらの攻撃がピタリと止まった。

「あー、壁がある間にこっちに投げさせて、雪玉をなくさせるつもりかも」

「八意め!　だが、残念だったな。雪遊びは子供の特権!　大人にそうそう負けるわけがない」

「え?　子供って……」

「いいだろう?　格好だけだがな!　冬には北海道に行ってスキーやスノボも堪能《たんのう》してるぞ?」

「マジ?」

「マジ!」

　神様って忙しいんじゃなかったのかよ!

「スキーやスノボの時は、大人の姿ですよね?」

「その時々で変えておるわ！　それより、お前は迦具土を狙うつもりだったんだろう?」

「そうです。あいつが投げる役みたいだったので」

ちょっと耳貸せ！　と引っ張られ、大国さんの作戦を聞く。

「それ、八意さんも知ってるんですか?」

「知っておる。が、こちらも作戦に気づかれないように盛り上がらないとおかしいだろう?」

「わかりました。じゃあ、雪玉作りをお願いします」

「よし！　投げまくれー」

なんで大国さんはこんなにノリノリなんだ?

そうは思っても、作戦を聞いたらワクワクしてきて、つい力が入る。

まずは、こちらの意図を迦具土に気づかせること。

そのために迦具土を狙いつつ、時折かまくらも狙う。爺ちゃん、ごめんよ……

数度同じことを繰り返すと、迦具土も気づいたのか、タイミングをずらしてかまくらに当て始め、こちらを見てニヤッと笑う。

だが勝負は勝負だと言わんばかりに、こちらにも遠慮なく投げてくる。主に八意さんが……

もう誰がどこに投げているのかわからない混戦の中、ついにかまくらが壊れ、残骸《ざんがい》から雪まみれになった祖父と道真さんが現れる。それを見た大国さんが叫んだ。

「よし、かかれー！」

何が、かかれだよっ！

そう思いつつも、祖父と道真さんにポイポイと雪玉を投げると、雪玉を準備していたのか、二人も一気に雪玉を投げ返してくる。

体力のある祖父が投げ、道真さんが新たな雪玉を作っているようで、結局全員参加の雪合戦となってしまった。

「ぶっ！」

道真さんが投げた雪玉が、俺の顔に当たった。

「アホ！　お前が当たったら俺一人になるじゃないか！」

「すいません、不意打ちで道真さんからもらっちゃいました」

その後、迦具土、祖父にも雪玉が当たったところで、お茶の準備をしつつ家の中を温めておく。

それから改めて神様達の雪合戦を眺める。不思議な光景すぎるなあ。

最終的に、雪合戦は大国さんの勝利で終わった。

「迦具土、お茶！」と満足そうな大国さんに、「あ、はいはい」と適当に返事をする迦具土。

「なんだ、面倒くささうに言うな」

くそぅ！　と悔しそうにしながら迦具土がみんなにお茶を配ってくれるので、祖父に体の方は大丈夫かと聞く。

「何、あのくらいの運動は平気だ」

「ならいいんだけど、まさか大国さんがかまくらを潰そうなんていうと思わなくって。中には爺ちゃんもいたし、それに道真さんも本読んでたからどうなることかと思ったよ」

「翔平、今からお前の祖母をここに呼ぶが、いいか？」

祖父と話していると、大国さんが突然そう言ったので、つい「はい？」と聞き返してしまう。

「この雪はまだまだ降る。全国的な大雪というやつだ。祖母殿は買い物もままならんだろう？」

「それはそうですけど、どうやって呼ぶんですか？」

「源三郎もよいな？」

「はい。仰《おお》せのままに」

「爺ちゃん！」

わけのわからないまま大国さんの姿が消えたと思ったら、すぐに祖母と一緒に目の前に現れる。

驚いていると、横から八意さんが「ほれ、出る支度《したく》をせんか」とせっついてきた。

「ほほほ。また一つ不思議な体験をさせていただきました」

にこにこ笑う祖母に、大国さんが満足そうに頷く。

「だろう？　普段の礼にちょっと連れていきたいところがあるんだ。道真、お主は本を置いていけ」

「一冊くらい……この読みかけの……」

「いつでも読めるだろうが！　この引きこもりめ！」

やっぱりそうだったんだ！　と横目で見ると、道真さんは名残惜《なごりお》しそうに本を机に置いている。

「八意、迦具土、二人で祖父母殿と翔平を頼む。俺は逃げられないように道真を連れていくから。場所は八意が知ってる」

「どこに――」

言い終わる前に目の前の景色が消え、次の瞬間には公園に立っていた。

「ほほほ。本当にすごいのねぇ、神様って便利だわ」

婆ちゃんの恐ろしく図太い発言は無視して、八意さんにここはどこだと聞くも、具体的なことは教えてもらえなかった。代わりに今から少し歩くと言った八意さんは、いつの間にかいつもの作務衣《さむえ》ではなく着物を着ている。

そうして着いたのは「酒処《さけどころ》　木の葉《こは》」という看板のある店。

俺は未成年だ!!

大国さんと道真さんはまだ来ていないようだ。

中に入って待っていようと言われて入る。席はすべて個室になっており、一番奥の部屋に通された。

「すげー！　木のいい香りがする」

「さて、好きなところに座るといい。もうすぐあの二人も来ると思うで、注文をしておこうかの」

カラオケのリモコンのようなものを、ピッピピッピッと操作した八意さんが、しゃぶしゃぶとすき焼きどちらがいいかと聞いてくるので、しゃぶしゃぶと答える。

「お待たせいたしました。お飲み物でございます」

ビールやジュースをテーブルに置いた店員さんに、八意さんが「しゃぶしゃぶのコースとステーキを『れあ』で。あとは適当に任せる」

そう言ってメニューを閉じてしまった。

「適当って、いいんですか!?　ここ高そうなのに」

「この店は大国主様の行きつけで、さっきの店員も神の末端じゃ。気にせずに食べたらよい。もちろん、祖父母殿達もな」

その言葉に、祖父が深々と頭を下げる。

「ありがとうございます。それにしても大国主様、いらっしゃるのが遅くはないですか？」

「もう来るじゃろ」

ガン！　ズガガガーン！

ものすごい落雷の音がしたと思ったら、大国さんと道真さんの二人が庭で尻もちをついていた。「驚かそうと思ったのに！」と大国さんが道真さんを怒っている。

「何してるんですか！」

個室の外の木は折れていた。どう見ても弁償だよ！　と心の中で突っ込むと、「ここは知っている店だからいいんだ」と大国さんが大人の姿に変わる。

「道真さんも、何したんですか？」

「驚かすのに雷を落とせと言われて、つい力が入ってしまった。そちらが祖母殿か。初めまして、菅原道真と申す」

「あら、ご丁寧にどうも」

祖母は道真さんを前にしても驚く様子がない。きっと心臓が鋼鉄でできてるんだ！

チラッと迦具土を見ると、そんな祖母を見てオロオロとしている。

掘り炬燵《ごたつ》席でのしゃぶしゃぶは、祖母には鍋の位置が高いのでと、ちょうど隣に座っていた道真さんが、せっせとしゃぶしゃぶを取り分けてくれている。

「あらまぁ、すいませんねぇ」

「ご婦人にはこの位置は高いでしょう？　お気になさらずに」

「ありがとうございます」

鋼鉄の心臓を持つ祖母は、タレを変えながら美味《おい》しそうに食べているが、こちらは神様に給仕なんかさせて気が気ではない。

一方、祖父は八意さんと大国さんと仲よく飲んでいる。

「迦具土も飲んでいいんだよ？」

「いや、俺はいい。爺さん達を連れて帰らないといけないし、こんな神様集団での外食は冷や汗が止まらねー」

「だよね……でも、お肉柔らかくて美味《おい》しいよ？」

「ああ。ジジイ達、結構贅沢《ぜいたく》してるよな……俺のことはこんな経験させずに殺そうとしたくせに！」

まぁまぁ、と言いながら、手のひらサイズのステーキも切り分けて食べ、お櫃《ひつ》で持ってきてもらったご飯のお代わりをし、お茶を飲んでのんびりとする。

「お腹一杯だー！」

伸びをしていたら、祖父に叱られた。

「これ、翔平。行儀が悪い」

「ごめん、だってこんなにお肉を食べたの久しぶりだから」

「しゃぶしゃぶは滅多にしないからな。それに、家ではこんなにいい肉ではないし」

「爺ちゃん、やっぱりここ高いよね？」と、やはり値段が気になってしまう。すると、大国さんが笑った。

「気にするな。我らとてしょっちゅうは来ていないぞ？　な、八意」

「たまーーーーーに来るくらいかと」

さっき、行きつけって言っていたのに、たまになんて嘘だとブツブツ呟いていたら、

「翔平は結構細かいな。誰に似たんだ？」と大国さんに言われた。

「あら、翔平はそんなに細かくありませんよ？　ねぇ、お爺さん」

「そうか？　男にしては細かいと思うぞ？」

爺ちゃんも婆ちゃんも、俺を話のネタにするのはやめてくれ！

そんな願いも虚《むな》しく、小さい頃から今に至るまで……しかも、おもらしの話から、

自転車でドブにハマった話まで次々とされ、ガックリと項垂《うなだ》れる。それを聞いていた道真さんが大笑いをした。

「いいではないですか！　男子は活発が一番。しかも、勉強熱心だと思いますぞ？」と何気にフォローしてくれた。ナイス！　道真さん！

最後のデザートが運ばれてきたのでなんだろうと見ると、抹茶《まっちゃ》ソフトの白玉パフェ。迦具土と「おおおぉぉ！」と感動しながら食べているうちに、さっきのことは許す！　という気分になった。そんな自分を、みんなが『お子ちゃまだ！』と言わんばかりの目で見ていたけれど、知らんぷりした。


食事が終わり、スーパーまで送ってもらってから解散する。

大国さんは荷物ごと家まで送ってくれると言っていたが、ご馳走《ちそう》になった上、そこまでしてもらっては悪いし、スーパーから家まではそれほど遠くないので、お礼だけ言って遠慮した。

「さて、買い込みますよ」

祖母がカートにカゴを二つ入れたのを見て、「迦具土、荷物持ち頼んだ！」と丸投げする。

「アホか。男三人が荷物持ち決定だろ？」

「やっぱりかぁ」

野菜はまだまだあるとのことで、魚や肉、うどんなど三日分ほどを買い、ついでにとあんこも買ってもらう。

「婆ちゃん、なんでもいいんだけど、家に小さい鍋が一つない？」

「あちらで道真さんに作るの？」

「うん、すまし汁にお餅を入れてもいいんだよね？」

「そうねぇ。だったら蒲鉾《かまぼこ》と、菜っ葉を持っていきなさいね」

買い物カゴに追加で材料を入れてもらい、お会計をするとちょうど三袋になった。

迦具土とジャンケンして、負けた迦具土が二袋。残りを自分が持ち、祖父母には滑らないように気をつけて歩いてもらう。

家に着いてから、買ってきたものを迦具土と冷蔵庫にしまって、祖父のところに行き、かまくらの中で道真さんと何を話していたのかと聞く。

「お前から借りた本を読んでおると言っていたぞ。この時代の本は想像をはるかに超えているとも言っていたな」

「本と言っても、中身はほとんど漫画なんだけど」

「そうか、今日中に読み終わりそうだと言ってたぞ？　あとは将棋の話や、剣術の話を少しかな」

明日のため、早速、道真さんが見たことがないであろうゲーム機などもカバンに詰めた。それから、行く時にシュークリームでも買っていこうと財布を見る。ただ、それほど余裕がなかったから、祖母に相談しに行く。

「婆ちゃん、明日持っていくものを用意してたんだけど……」

「ちょうどよかった。これ、菜っ葉と蒲鉾《かまぼこ》はもう切ってあるからね。出汁《だし》と醤油《しょうゆ》はあちらにあったかしら？」

「出汁《だし》はない」

細粒の出汁《だし》の素を袋に入れてくれた祖母が、あんこも忘れないようにと詰める。

「明日、道真さんが食べたことないようなものを買っていこうと思うんだけど、お金ちょうだい」

「何を買っていくの？」

「シュークリーム！」

「翔平が食べたいだけでしょう？」

そう言いながらも、いくつか見繕《みつくろ》ってきなさいと五千円渡してくれた。

「昔の人って、甘いものはご馳走《ちそう》だったんでしょ？」

「だと思うわよ？　でも、今日のしゃぶしゃぶも慣れている様子だったし、もしかしたら食通かもしれないわねぇ」

「食通？」

「いろんなものを食べ慣れているかもってことよ」

だとすると洋菓子でいいものかと迷っていたら、「お店で決めたら？」と言われた。そうすると答え、袋に詰めたものを冷蔵庫にしまっておいてもらった。

翌日、今日も学校は休み。もう今週は休みにしてしまうそうだ。少しでも雪がやんでいるうちに出かけることにし、大型のショッピングモールの中のケーキ屋さんで、シュークリームだけではなく、ブルーベリーソースが上にかかっているレアチーズケーキも買った。

「迦具土も気に入ると思うよ？」

そして寒いと文句を言う迦具土に、三階の立体駐車場から神社まで運んでもらう。

「さぶー！　迦具土、先に送ってもらった荷物は？」

「土間にある。それと、婆さんから預かった鍋と、鍋に入っていたものも一緒に運んだ」

「なんだろう？」

荷物を開けると、手紙と一緒に、じゃがいもや人参、お肉とルーが入っており、「カレーを作りなさい」と書いたメモがあった。

「迦具土、カレー好きだっけ？」

「ああ、最初は匂いが嫌だったけど、今ではお代わりもするぞ？　えっと、スパイシーってやつだったか？　あれは癖になる」

「あー、はいはい。カレーを作れってメモと、材料が入ってるんだよ。でも、昼はこっちの小さい鍋で餅だから」

「え？　昼もカレーがいい」

「我儘《わがまま》言うなよな。材料もあるんだから」

ぶつぶつ言いながらも「あんころ餅はするのか?」と、尋ねる迦具土は、食に関してはかなりうるさい。

お昼はあんころ餅にするからと答えると、「よっしゃー!」と喜ぶ。そんな迦具土の声が聞こえたのか、「こっちにいるぞ?」と上から道真さんの声が聞こえてくる。

「迦具土、竈《かまど》の火を二つ起こせる?」

「できるが……」

「カレー鍋の方も水を入れて火にかけておいてよ。分量わかるでしょ?」

「いいけど、お前は何をするんだ?」

「ひ・み・つ!」

「うわぁー!　気持ち悪ぃー」と言われながら上に行き、道真さんに声をかける。

「おはようございます。本を読んでるんですか?」

「おはよう。なかなか興味深いものがね……」

そう言いつつ本から目を離さない道真さん。この本の虫め!

「あの、読んでいるところ悪いんですが……」

「何かあったのかね?」

「手伝ってもらえたら嬉しいんですけど、いいですか？」

「構わんよ？」

そう答えて腰を上げてくれたので、一緒に土間へと下りていく。

「じゃあ、このジャガイモの皮を剥《む》いてください」

そう言って手の上にジャガイモを載せる。

わざわざこんなことをお願いしたのには、理由があった。

最初は、話し相手をして、少し外に連れ出せばいいのかな？　くらいにしか思っていなかったが、雪合戦の日、それなりに楽しんでいた道真さんを思い出し、本から離してみんなでできることをしようと考えたのだ。大国さん達はきっと、毎日本ばかり読んで引きこもり気味な道真さんを心配していたのだと思う。

それで、あんころ餅ならば道真さんでも知っているだろうから簡単に手伝ってもらえると考えていたのだけど、まさかまさかのカレー。

「芋の皮剥《む》きか。あまりしたことがないからうまくはないぞ？」

道真さんはそう言いながらも、袖を紐で括《くく》ってやる気満々のように見える。

しかし、道真さんの手つきはやる気に反比例した悲惨なものだった。午前中にカレーを作って、午後に米を炊《た》けばいいと思っていたが、なかなか芋の皮が剥《む》けない。

仕方なく一緒に芋の皮を剥《む》いていく。

「やっと一つ。そなたは剥《む》くのが速い」

いやいや、あなたが遅いんです。

「初めてでもなんとかなるものと思っていたが、厚くなりすぎぬよう、薄くなりすぎぬように剥《む》いていくのは些《いささ》か疲れる」

だったらこれはどうだと、ピーラーを渡す。

すると道真さんが、なんだこれは？　と言わんばかりの顔をした。

「これは皮剥《む》き器です。じゃがいももこれで皮を剥《む》けるんですけど、初めてだと人参の方が簡単ですよ。人参を置いて、ピーラーを当てて滑らせてみてください」

「こうか？」

しゅるしゅると皮が剥《む》けていくのを見て、「おお！」と感動している道真さんに、剥《む》いたあとの切り方も伝え、自分は芋に専念する。

「迦具土、玉ねぎを剥《む》いてよ。ついでに切ってー」

「面倒なことは俺か！」

なんだかんだと文句を言いながらも玉ねぎを切ってくれる迦具土は、毎日祖母の手伝いをしているからか、結構手際がよくなっている。

今のうちにと、沸騰《ふっとう》したお湯に出汁《だし》と小松菜を入れて醤油《しょうゆ》と少量の酒で味付けをし、味見をした。ほんのちょっと塩を足してからお餅と蒲鉾《かまぼこ》を足し、柔らかくなるまで煮る。同時に机に置いておいたガスコンロにボンベを差してお湯を沸かし、そちらでも餅を茹《ゆ》でる。

茹《ゆ》で上がった餅にあんこを載せて包むようにしてからお皿に置き、きな粉餅も同じように作っていく。

迦具土と道真さんを見ると、二人でカレー作りをしてくれている。

「もうできる？」

そう聞くと、迦具土が答えた。

「今、煮てる。そろそろ人参はいいかと思うんだが。肉は？」

「こっちで炒《いた》めるから、玉ねぎ貸して」

フライパンに少し油を引いて、玉ねぎと牛肉を粗く切ったものを炒《いた》めていく。

菜箸《さいばし》で人参の柔らかさを確かめたところで、フライパンの中身を全部入れ、最後にルーを入れてコトコト煮込む。すると道真さんが声を上げた。

「おお、匂いは嗅《か》いだことがある。なんという食べ物だったか……」

「食べたことはあるんですか？」

「いや、匂いを知っているだけだ。この独特の匂いは忘れられなくてな、前に名前を聞いたと思ったんだが……」

「もうできますよ？　混ぜてみます？」

そう言ってお玉を渡し、かき混ぜてもらう。

道真さんにカレーを任せ、メモを見ながら米を研いで、水に浸《ひた》しておく。

これで夜の準備もバッチリだ！

「迦具土、火を消してくれる？　昼の分はもうできたから」

カレーの鍋に蓋をして、お昼用のお餅とお箸、雑煮《ぞうに》にした鍋を持って座敷に上がり、お椀《わん》によそって机の上に置く。

「もうお昼かね。時間が経つのが早い」

「少し味が濃いかもしれないんですけど、お椀《わん》の方が雑煮《ぞうに》。あと、あんころ餅ときな粉餅です」

「いただきます」

昨日も餅、今日も餅で申し訳ないと思ったが、道真さんに「なかなか美味《うま》い」と言ってもらえたのでよかった。

「このあんこは、今ではどこにでも売っているのだろう？」

「そうです。つぶあんの方がよかったですか？」

「どちらも好きだから、こしあんで大丈夫だよ。今は、機械というもので作るから早いのだろう？　そのくらいは知っているが、作っている様子をじっくり見たことはない。音がうるさくて」

「工場とかだと特にそうかもしれませんね」

食べながら話していたら、迦具土が「そんなもの、音を消して姿を隠した状態で見に行けばいいだけだろう？　道真ともあろう者ができないはずはないよな？」と煽《あお》る。

「ちょ……迦具土」

「できないことはない。そうやって色々なところを見たこともある。だが、毎日毎日観光客やら受験生やらが来る中、そうたびたびは外に出られないなと思っていたら、時が経ちすぎていて……」

「え？　それってどのくらいですか？」

「確か、六、七十年ほどのような……もう少し長いかな？」

どれだけ引きこもっていたんだ？

「最近は常に人が来るようになって、いつも部屋から願い事を聞いていた。社《やしろ》の書物も読み尽くしてしまったし、もう暇で暇で。そんな時に翔平の話を聞いて、興味を持ったのだ。それにここの上の書物は興味深いから帰りたく……いや、なんでもない」

道真さんの言葉に、迦具土が頷いて言い出す。

「俺は漫画というものが読みやすいがな」

だろうな。お前は俺の部屋の漫画をいい加減に返せ！

「漫画とは絵巻を書物にしたものだな？　あれもなかなかに面白い」と目をキラキラさせている道長さんに、本は食べてからです！　と言いながら餅を頬張る。

食べ終わってからもソワソワしていたので、持ってきていた漫画を渡し、その間に竈《かまど》でご飯を炊《た》く。

「ちょっと待って、婆ちゃんから米の炊《た》き方のメモを貰っているから」

「初めてなのかよ！」

「今の時代の高校生は竈《かまど》で炊《た》くことなんかないって。迦具土、火をつけてよ」

「ほんとに炊《た》けるのか？」と言いつつも、火をつけてくれる。

炊《た》き始めてから、じーっと竈《かまど》とメモを見ていたら、「おい、大丈夫なのか？」と迦具土に聞かれた。「多分？」と答え、メモの通りに火を小さくする。

後は待てばいいだけと書いてあるところまで作業を進めて、焦《こ》げ臭さがないから大丈夫だろうと、時計のアラームをセットして道真さんの様子を見に行く。すると、半分に折った座布団を枕代わりに寝転がっていて、その両脇に漫画の本が積まれていた。

「道真さーん」

「んん？」

今日は思いっきり手伝ってもらおうと、「ちょっと手伝ってほしいんです。忙しくて申し訳ないんですけど」と台所を指さす。

料理か？　と言いながらついてきてくれたのでレタスを渡し、洗って適当にちぎってほしいと頼む。

「それならば簡単じゃ」

洗って、ブチブチとちぎってはボウルに入れていく道真さん。それはすぐに終わったので、今度はきゅうりを輪切りにしてもらう。

包丁捌《さば》きはゆっくりで慎重だが、これが刀ならどうなるんだろう？　ちゃんと戦えたのかな？　と疑問に思う。

「肩がこる作業だ。一センチというのはこのくらいでいいのかな？」と見せられたのは完璧に均等に切られた輪切りのきゅうり。多分五ミリ間隔。

「大丈夫ですよ、ありがとうございます」

「で？　これをどうする？」

「サラダにしようと思ってます。ツナ缶もあるし」

「ああ、マグロを漬けたもの……よく猫が食べているやつだな？」

違います！　人間用のツナ缶です……

なんとかサラダを作り終え、ラップをしてから道真さんとはしごを登って上に行き、気になっていることを聞く。

「ここにあった書物が面白いって言っていましたけど、どんなものだったんですか？」

「住んでいた者がどうも武士だったらしく、その記述が面白かったのだ。日記のようなもので、ここで余生を送ったと書いてあった。その子孫の日記もありそうなので探してるんだが……」と呟く道真さんの視線の先には、本の山。

「俺も探しましょうか？」

「そうしてくれるとありがたいが、かなり古い文字だし、この量だし……」

「何か表紙に書いてあるのなら、それを参考に探してみますけど」

しょんぼりした道真さんが見せてくれたのは、題名もない本。著者の名前もわからないという。

「何か隠してるみたいで、気になりません？」

「そうだろう？　気になってしまってたびたび探しているのだが、量は多いわ、本をどかす場所もないわで進まなくてなぁ」

そんなこと言われたら、俺も気になる！　間《あいだ》が抜けた漫画や本を読んでいると落ち着かないように、揃っていないと気持ち悪い。

「やっぱり俺も探します」

それから迦具土に呼ばれるまで、タイトルもない本を探す。

「おい！　飯炊《た》けたぞー。下りてこい……って、何してんだよ！」

二人で、無言で本を漁っている姿を見た迦具土が驚くのも無理はない。

「本を探しててさー。題名のない本。迦具土も探してよ」

「だからって散らかしすぎだろ。どれが一度確認したやつなのか、わかってるのかよ……」

「えっと、道真さん、わかります？」

「見たものはそっちにやって、そっちにやったのをまた翔平が見て……おお、二度手間になっていたのか！」

それならそうと早く言ってくれなどとは言えない。でも、意外と天然な道真さんに親しみが湧いてくる。

「とにかく下りてこいよ。あと二人とも頼むから手を洗ってくれ……その前に埃《ほこり》も落とせよな」

「母親みたいだなー」

水が冷たいと言いながらも手を洗い、汗をかいたので顔も洗っていつもの席に座ると、すでにサラダとカレーが運ばれていた。

「おお、ご飯がちゃんと炊《た》けてる！」

するとし、迦具土が胸を張って言う。

「火の番は『ちゃんと』したからな」

「そんな強調しなくっても。道真さんも温かいうちに食べましょう」

「うむ」

パクッと一口食べた道真さんは、辛いが美味《うま》いとサラダにも手を伸ばしている。

「このジャガイモとか人参とか、道真さんが切ったやつですよ？」

「そうか！　人参は……なんと言うか形が不揃いで申し訳ないな」

「そんなことないですって。で、どうですか？　ご自分で作られた感想は……」

「いつも食しておるものよりも美味《おい》しく感じる。ただ出されたものを一人で食べていても味気ないし、こうして食べるものに関わるというのはとてもいいことだと改めて思った」

やはりみんなで何かするというのがよかったんだと安心していると、迦具土が「で、俺に米の番させてたらいいよな」と、一言多い！

「もう、そんなに怒るなよ。いいじゃん、みんなで作るカレーは美味《おい》しいだろ」

「確かに、婆さんもそう言っていた。一人で作るより、誰かと作る方がもっと美味《うま》くなると」

「婆ちゃんが？」

「台所はたいてい北向きの場所だから、一人だと寒く感じるんだと。冬は寂しい感じもするって言ってたな……」

そんな話、初めて聞いたと思っていると、不思議そうに道真さんが質問してくる。

「祖母殿はいつもみんなの分を一人で作っておるのか？　使用人は？」

「今の時代、使用人はそうそういませんよ。それに俺の家は結構古い建物だから、余計暗く感じるのかも。昔はお弟子さんも出入りしてたし、一部屋が広いのかな」

「今度聞いてみたらいい。台所に夕方立つ婆さんは小さく見える」

そう言った迦具土が、うんうん頷く。

しんみりと話していた中、「お代わり！」と道真さんが迦具土に皿を渡し、「たまには自分でよそえ！」と怒鳴られる。

「それもいいかもしれん。えーと、お櫃《ひつ》にしゃもじ……」

トロトロと慣れない手つきでご飯をお皿に入れ、カレーをかける道真さん。

「あ、チーズ載せます？」

実際にやった方が早いと、チーズをカレーに適量置き、温かいうちに混ぜてもらう。

「ちいず？」

「ほほーぅ、トローッと糸を引いておる。カレーが少しまろやかになったかな？　この洋食というものは油が多く使われているものが多くて、胃に負担がかかると思ってあまり食べてはおらなんだが、たまにはいいものだ」

「ですよね。俺も普段は煮物とかが多いですけど、たまにカレーとか揚げ物が出されると嬉しくって。というか洋食、結構食べたことがあるんですね？」

「大国主が色々と……まぁ、そういう理由で……」

大国さん、あなたはグルメですか？　俺も連れていってください……

「それより、カレーはまだ残っているのかね？」

「残ってますよ。また明日も食べようと思うんですけど」

「そうか！」

よほど気に入ったのだろう。

カレーを食べ終えた後、お皿を水につけ、デザートのシュークリームを皿に載せて道真さんに渡す。すると、なんだこれは？　とマジマジと見ていた。

「薄い皮に甘いクリームがたっぷり包んであるんです」

迦具土もシュークリームをしげしげと眺めて言う。

「おい、俺もこれは食ったことがねーぞ？」

「そうだっけ？　こう持って……パクッと食べるんですけど」

一口パクッと食べてすぐ、道真さんは「なんと！　想像よりはるかに甘い」と感動する。そうして二人ともペロリと食べてしまった。

「一人一つですからね？　あ、ケーキもあります。コーヒーもどうぞ」

「今宵《こよい》はフルコースというやつなのかな？」

「そんな大層なものではないです。婆ちゃんに見つかったら食べすぎだって怒られるレベルですけど」

「大丈夫なのかね？」

「今日はちゃんと言ってきましたから。それにあれだけ片付けをしたらお腹も空《す》くし、たまにはいいんです」

道真さんは本当に気に入ったのか、和菓子も美味《うま》いが洋菓子もいい！　と、一度街に降りてみたいとまで言い出した。これはいい傾向なんじゃないか？

「街に行くなら、変装してくださいよ？　でも、この雪が溶けてからかなぁ？　まだ危ないので」

「その時は洋装で参る！」

ウキウキと話してくれるのはいいが、この街にはそんなに見る場所がない。

きっと洋菓子店に行くことになるだろうと思いつつ、コーヒーを飲んで他の菓子も食べる。今日の本探しはここまでにすることにして、屋根裏には一人で行かないでと道真さんに言ってから、自宅に帰った。


「ただいまぁ。寒いー！」

玄関に入ってすぐ、祖父が出迎えてくれる。

「おかえり、今日は早いじゃないか」

「迦具土に行き帰り運んでもらったんだ。雪もすごいし」

「今年は記録的な大雪らしいから、神社に行く時も足元に気をつけんとな。早くお風呂で温まってきなさい」

着替えを持って風呂場に行き、体を洗ってからゆっくりと湯船に浸《つ》かる。

あー、気持ちいい。でも、たまには温泉に行きたい……。温泉……雪の露天風呂……

「あ……」

ザバァッと風呂を出て、適当に拭いてから着替えて炬燵《こたつ》の部屋に行くと、祖父だけではなく呑気《のんき》にお茶を啜《すす》っている迦具土もいた。祖父に、温泉の件はどうなったのかと聞く。この前の年末、商店街の福引きで旅行券を当てていたのだ。

「三月の春休みにと思っておったが、どうした？」

「ずっと雪だったせいか、風呂で、雪の露天風呂って思いついちゃって」

「寒いぞ？」

「そうなの？　テレビでよく『風流ですなぁ』とか言って気持ちよさそうに入ってるじゃん」

「翔平、入る時はよくても、出る時に体の表面が痛いくらいに冷えるぞ？　私も昔、お前と同じような考えで行って懲《こ》りたことがある」

ガラガラガラッと音を立てて崩れる雪見露天風呂の理想。

「そんなぁ」と、しょんぼりとしていると、お茶を持ってきた祖母にも同じことを言われた。

「それにこの雪でしょう？　まずバスも電車も止まっているのに、行けるわけないじゃないの」と呆れられる。

がっくりと肩を落とし、部屋に戻って読みかけの漫画を読んでいるうちに寝てしまったのか、起きたらもう朝だった。

朝、一階に下りた直後にとんでもない光景を見て「おはよぉぉおおお!?」と驚くことになった。

そんな俺に、「おはよう。どうかしたのかね？」と、炬燵《こたつ》でのんびりとしている道真さんが声をかけた。

「なんで道真さんがここにいるの？」

「翔平、先に顔を洗ってきなさい」

祖父に言われて、慌てて顔を洗いに行き、着替えて炬燵《こたつ》の部屋に戻る。

最近、この炬燵《こたつ》に神様が来すぎだろ!!

「実は、あちらの暖房がつかなくなってしまって、大国主にそのことを言ったらこちらに飛ばされ……」と道真さんは頭をポリポリと掻《か》いている。

そう言えば、お風呂はどうしてるんだろう？

お茶を持ってくると言って台所に行くと迦具土がいたので、お風呂についての疑問を話す。すると、迦具土は「あ！」と声を上げた後、風呂場へ道真さんを引っ張っていく。

「帽子を脱げ！　服も脱げ！　で、これで体をこすって、頭はこれで洗って湯に浸《つ》かれ！　道理で香ばしい臭いがすると思ってたんだ！」

「す、すまぬ」

「よく考えたら、あんな埃《ほこり》まみれの場所に汗だくでいたのに、風呂に入れなかった俺も悪い。湯の中で体をこすんじゃねーぞ！」と言って扉を閉めた迦具土が、こちらを見る。

「ごめん、俺もまったく気づかなかった！」

「まぁいい。たまに俺が見に行く。婆さん、今日は晴れてるから後で買い物に行くって言ってたぞ？」

「雪は溶けてるのかな？」

裏から外に出ると、表通りは少し溶けてきていて、なんとか自転車を引いて歩けそうだった。

「婆ちゃん、俺、自転車引いてついてくよ」

「そう？　そろそろお味噌がなくなりそうなの。助かるわ」

「ちょっとなら、俺だけで行こうか？」

「大丈夫よ、魚とかも欲しいから、開店に合わせて行きましょうか」

台所のテーブルで簡単に朝ご飯を食べ、道真さんがお風呂から出てくるのを待つ。

「はぁぁ、サッパリとした。今のお風呂とは勝手に湯が沸くのだな」

祖父の着物を着て、ホクホクとした顔で戻ってきた道真さんに手招きされた。お茶を出して炬燵《こたつ》に入る。

「これなんだが……」

渡された包みの中には、題名のない本が何冊か入っていた。

「あ！　これって探してた本？」

「約束通り、屋根裏には上がっていない。押入れから毛布を出していたら、奥に古い入れ物があってな、開けたらこれが出てきた」

「全部揃ってるんですか？」

「途中が抜けているが、最初と最後はある。読んでみるかね？」

「俺にも読めるでしょうか？」

古い本なら漢字ばかりだろうと思って聞いてみると、「それほど古いものではないようだから、多分読めるだろう。わからないところは私が読んでもいい」と言ってくれた。

「わかりました、預かります。向こうのストーブ、灯油がなくなったのかもしれないので、迦具土に行かせますね」

また俺かよ！ と奥から声が飛んできたが、そこは聞こえないふり。

婆ちゃんと買い物に行くため席を立つ。道真さんは祖父と将棋をさして待っていると言うので、祖父に任せて買い物へ行く。

近くのスーパーへ向かったのだが、やはり雪のせいか野菜や肉、魚などが少し値上がりしており、魚に関してはいつもよりも種類も少なく感じた。

「鯖《さば》と赤魚は沢山あるのにねぇ。どうしましょう」

「今夜は何にするの？」

「道真様がいらっしゃるし、大国様もいらっしゃると思うの。だからお鍋でもと思ったのだけれど。ほら、野菜もまだあるし」

「なぁ、婆ちゃん。最近、うちが神様の集会所みたいになってってごめんな。疲れるだろ?」

「そんなことないわよ? 賑やかで楽しいわ。それにね、作ったものを美味《おい》しいって食べてもらえると、お婆ちゃんとっても嬉しいの。お爺さんもそんなに喋らない人だったでしょう? なのに最近はいつも楽しそうで。だから大歓迎よ?」

神様達と一緒に食べる食事は確かに賑やかで楽しい。笑っている祖母を見ると、本当に歓迎しているのだろう。

「婆ちゃんがいいなら、甘えるけど……」

「ほらほら、変な顔しないで。お味噌と鳥の挽肉《ひきにく》を持ってきてちょうだい」

取りに行く途中、チラッと後ろを振り返ると、祖母は魚屋のおじさんと何か話していた。

「ん? 婆ちゃん、それ……」

挽肉《ひきにく》と味噌を持って戻ると、カゴの中には〇円《ゼロ》とシールの貼ってある袋。他にも名前がわからない平べったい貝も入っていた。

「ブリのあらを貰ったの。あとはこの傷のついた部分を値切ったから、今夜はブリ鍋よ。ほほほ」

醤油《しょうゆ》味の鍋だなと見当をつけて、一回りしてからお会計をする。

「あ！　カレーが神社に残ってるんだった」

「大丈夫、迦具土君に持ってきてって頼んだわよ？　冷凍しておけばいいから。それと、今日のお鍋は醤油《しょうゆ》味じゃないからね？」

「そうなの？」

醤油《しょうゆ》味だと期待していたのでちょっと残念。

「合わせ味噌にしようと思って。八意様もいらっしゃるかしら？」

「もしかして、婆ちゃんが大国さんや八意さんを呼んでたりする？」

「呼んでないわよ？　でも、お鍋ならきっと……いらっしゃると思うのよねぇ」

帰ったら糠《ぬか》漬《づ》けも出さないと、と言うのを聞きながら、自転車のカゴに重いものを載せて、取っ手に残りの袋をかける。

「翔平、雪道だから気をつけてよ？　自転車も滑るでしょう？」

「荷物が均等になるようにしたから大丈夫」

「それとねぇ、来週からお婆ちゃん、お華のお稽古《けいこ》があるから、帰りは玄関じゃなくて道場から家へ入ってくれる？」

「わかった。えっと、午後の稽古《けいこ》は俺の帰りと被るんだよね？　気をつける」

帰宅後、野菜を切って肉団子を作り、大きな土鍋二つにブリのあらを入れて出汁《だし》を取る。それから野菜や肉団子を入れていった。

「はい、この鍋を二つとも持っていってちょうだい。弱火で煮込んでおいてね」

祖母に言われた通り、迦具土と運ぶと、ちゃっかりと炬燵《こたつ》に座っている大国さんと八意さんがいた。

やっぱり来てたのか……と思いながらも挨拶《あいさつ》をする。

「なんで来てんだよっ！」と吠える迦具土に、「祖母殿が今日は鍋だと言っておったからの。急いで来たのじゃよ」と呑気《のんき》な八意さん。

「大国さん、お酒を飲まれますよね？」

「飲む。今日はなんの鍋だ？　味噌の匂いがするが」

「ブリです」

「そうか……だったら常温がいい」

飲み屋の店員か、俺は！

酒の注文を祖母に伝え、お酒を出してもらう。徳利《とっくり》とお猪口《ちょこ》も持って戻り、一升瓶から徳利《とっくり》に入れ替えて、祖父と道真さんも加えた四人に配る。

「迦具土、お前は飲まんのか？」

八意さんの質問に、迦具土が微妙な顔で首を横に振った。

「俺はいい。酒で腹が膨れたらメシが食えん。ジジイこそ、その腹引っ込めたらどうだ？」

「歳をとるとこんな感じになる。気にするな」

「俺は気にするわ！」

いつもの八意さんと迦具土のお笑い芸人顔負けのコントに、「ほらほら、喧嘩《けんか》はやめましょうねぇ。道真様は、お魚はお好きかしら？　沢山召し上がってくださいね」とマイペースな祖母。やはり怖いもの知らずというかなんというか……

そんな風に思っていたら、大国さんに指摘された。

「そうだ、翔平。お前、最近神棚を拝んでないだろ」

「大国さん……ごめんなさい」

「いや、いいんだが、よくないんだ」

それってどっち？

「まぁ、週に一回手を合わせていたらいい。今のところは」

「はい、わかりました」

グツグツと煮えてきた鍋の蓋をとって確認した祖母がもういいと言うので、みんなの器にブリと野菜を入れて、いただきますと手を合わせる。

「ブリといえば出世魚。出世といえば道真だな」とブリを食べながらご満悦の大国さん。

「途中までは……ですが」と謙遜している道真さんだが、ちょっと嬉しそうに見える。

「何を言うか。巷《ちまた》では受験の神様だろう？　翔平も受験の時には呼び出せばいい」

「そんなことできませんから！　ちゃんと参拝します」

「そうか？」

直接呼び出すなんてご利益がすごそうだが、便乗したらいけない気がする……

　前と同じように、祖父達はお鍋をつまみにワイワイと飲み、迦具土と祖母は次々と野菜を入れていく。締めとして片方の鍋はうどん、もう一つは雑炊《ぞうすい》にして食べた。この食生活が続いたら太る！　とつい口からこぼれる。

「ふむ」

　この口癖が出る時は、たいていよくないことしか言わない八意さん。

「確かに運動不足のようじゃな」

あなたに言われたくありません。と、プヨプヨのお腹を見てしまう。

「ならば来週からは、道真の家の掃除でも頼むとしようかの」

「え？　俺、来週から学校があるし……」

「大丈夫じゃ。夜にはこちらへと戻す」

「家って……変なところへは行かないですよね？」

「場所は京都の北野天満宮《きたのてんまんぐう》じゃ。結界の中じゃから、誰にも姿は見られんし、安心していい」

　結界うんぬんの時点で、変な場所ではある気がするんですが……

　そう思っている俺に、道真さんが言う。

「そうだ、学校帰りにそのまま来るといい。そうすれば、今の教科書というのも読めるから、私も――」

「道真ぇー！」

言葉の途中、大国さんに何故か怒られる道真さん。教科書に何かあるのだろうか？

「お前ってやつは、文字が書いてあったらなんでもいいのか？　まったく、なんのためにここに来たのかわからんではないか！」

「ついつい。ですが、私の使っている部屋は……」

「俺が言っても片付けないお前が悪い。それに、翔平にはいい経験になる」

道真さんの部屋には、いったい何があるんだろう……とはいえ、そこまで言われては行くしかない。学校の帰りに寄ることを伝え、帰りは自転車ごと家まで送ってほしいと頼む。

毎日、北野天満宮に行かされるのであれば、そのくらいはしてほしい。

「よし、決まりだな」と大国さんが徳利《とっくり》を片手に、辛口の酒をくれと祖母にねだった。

みんなが帰った後は、片付け。

「まったくあのクッソジジイ！」とブツブツ文句を言いながら、迦具土が洗った土鍋を拭いている。

「何か言われてたっけ？」

「俺にも飲め飲めうるさくてな。まぁ、あの二人は、ここでの鍋や飯の時間が貴重な休息ってくらいに忙しいから仕方ねーけど、何かにつけて絡んでくるから、次は離れて座る！　翔平、代わってくれ」

「えー、やだよ。俺、いつもの席がいい」

そんなやり取りをしていたら、祖母が笑って言い出した。

「私が代わってもいいけれど、そうすると、迦具土君がお鍋をみんなによそったりしなきゃならないわよ？」

今日みたいに鍋をする時は、たいてい祖母の前に置くのだ。

「それも困る！　やっぱり、翔平が代わってくれ」

「もう、わかったよ！　席くらいいくらでも代わるから、鍋の蓋を置いてくれ」

「おお、すまん」

興奮気味に話す時、迦具土は何故かものを持ちながら話す癖があった。お玉はいいが、陶器は壊されたら困る。

「さあさ、ここはもういいから、あなた達もゆっくりしなさいな」

「うん、迦具土、爺ちゃんを部屋に運ぼうか」

「だな。最近は飲みすぎだ！」

だよねー、と話しつつ、祖父に声をかけて部屋へ連れていき、布団に寝かせてから、ジュースを持って炬燵《こたつ》に入る。

「迦具土って、神様の中では格上なんだろ？　なんでこき使われてんの？」

「あああぁぁ、それを言うか！　今それを言うなぁ」

「なんでだよ。俺だって調べたんだぞ？」

「ただ、今は頭が上がらんだけだ。大きな貸しを作ってしまったからな。それと、八意のジジイは俺より上だ」

「複雑なんだね」

「まぁ、神様も色々だ。この後、民族信仰の神やらごちゃごちゃしたのが出てこないといいんだけどな」

「そこまで来たら、もう俺わかんなくなるよ」

とにかく来週からの北野天満宮行きには、迦具土もついてきてくれるそうなのでホッとした。そうしてどちらが先に風呂に入るかじゃんけんで決め、入浴を済ませたのだった。

道真邸

キンコンカンコーン——

授業が終わり、いつものように友達に遊びに誘われるも「ごめん、また今度」と言って、自転車で神社まで急ぐ。

駐輪場に止めて、中に入ってからいつもの茅葺《かやぶき》屋根の家で待ち合わせだ。もう来ているだろうと足早に行くと、「遅いわー！」とかなりご立腹の迦具土。

それもそのはず。隣には八意さん……

「道真さんは？」

「先に戻った。それを見届けてたらジジイが後ろから急に尻を蹴ってきて、今に至る！」

なんとも言えずコクコクと頷き、今からどうしたらいいのかと八意さんに聞く。

「ふむ。まあ、目を瞑《つぶ》っていればすぐに着く。で、じゃ！　向こうでは翔平も迦具土も普通の人間の目には姿が見えんようにしておくから、今日は色々と案内してもらうといい」

「それだけ？」

一度も行ったことがないので、神社を案内してもらえるのは嬉しい。画像で見たけど、それだけだとどういう神社なのかよくわからなかったから。

「まずは周りを知らんとのぅ。迷子になってもいかん。特に迦具土が！」

「なるか！　子供じゃねー！」

「あの、俺は掃除だけすればいいんですか？」

「それも向こうの状況を見たらわかる。道真のことも、もっとよくわかると思うがの」

じゃあ、行ってきなさいと言われ、迦具土と二人、温かい光に包まれたと思ったら、大通り沿いにある大きな鳥居の前に立っていた。

「み、見えてないんだよね？　人がいっぱいいるけど」

「俺達を素通りしてくから大丈夫だろ？　ここからは道真の神気を辿ればいい」

そうして中に入り楼門《ろうもん》まで行くと、道真さんが手を振っていた。八意さんが言っていた通り、案内してくれるという。

「ここが宝物殿。そして、あっちに見えるのが神楽殿《かぐらでん》。一つずつ見ていこうか」

案内され、時折説明を受けながら、中門、西回廊、楽の間と周り、中も見せてもらえた。ところどころに牛の像が置いてあり、ご利益があるというので見つけるたびに撫《な》でる。

「私はよく、西の回廊を回ったり、梅を見たりして過ごしているが、本殿はあまり好きではない」

「好きではないって、普段いるところだろーが」

道真さんの言葉に、迦具土が怪訝《けげん》な顔で言う。

そういえば大国さんも本殿の屋根の上にいることが多い。

「観光客の声がうるさいとは思わんし、受験を控えて来る子供達のこともそこまで煩《わずら》わしいとは思わんが、前にも話した通り、ここに来たからと言って必ずしも受かるわけではない。だから本殿で願いを聞かされると複雑な気持ちになってな」

「それはわかります。結果が出るのは努力のおかげって、前に言ってましたよね？」

「そうだ。それと、えーと、団体の学生旅行があるだろう？」

「修学旅行のことかな？」

「あれで騒ぐ輩《やから》がたまにおってな、しかも梅の枝をポキッと！　ポキッと折るのだ！　私が毎日咲くのを楽しみにしておる枝を！」

道真さんが怒っているのは、言葉からも、パチパチと放たれている火花のようなものからもわかりすぎるほどわかるので、落ち着いてください！　とつい大きな声を出してしまう。

「おお、すまんすまん。今、寝所と書斎としておるのが拝殿の奥なんだが、そこも案内しよう。裏から回る」

ついていくと、ゾワッとした感触とともに何かを突き破ったような感じがした。迦具土に聞くと、結界の中に入ったとだけ教えられる。

「うわぁ、すごい！」

映画などで見覚えのある平安時代の建物の門の前。外からも庭や回廊のようなものが見える。

呑気《のんき》に見回していると、道真さんが声をかけてきた。

「ここはお主の住んでいる世界とは違うぞ？　結界と言ってもいつものものとは異なる。そうだな……翔平から借りた漫画の言葉で言うと『異世界』というやつかな？」

「え？　でも神社の中なんだよね？」と迦具土を見る。

「そうだ。だが、そこからもう一層奥に入っている。ここは道真が作り上げた世界と思えばいい」と説明してくれた。

「他の神様達もこんな感じで住んでるのかな？」

「神格とかで色々と違いはあるが、似たようなものだろう」

そんなことを話しつつ、「こっちだ」と振り返った道真さんに、迷子にならないようについていく。

いくつもの廊下を曲がり、書斎として使っているという部屋に通されて見たものは――

本！　本！　本!!

「埋まってる……机以外、埋まってる……」

「いやぁ、書き物をしていて、つい崩してしまって。本棚を作ったんだが、入り切らないものがここに積んであるんだ」

「え？　これって積んであるというより、雪崩《なだれ》を起こしてますよ？　どこをどう通ればいいんですか……」

「で、困っておる」

だろうな……。かと言って無闇に片付けたら、また後であれもないこれもないと引っ張り出す羽目になって、元に戻ってしまうだろう。

八意さん、行けばわかるってこのことですか？

「おい、これを俺達が片付けるとして、片付けた本を置く場所はあるのか？」

「部屋ならばあるのだが……棚も作ろうと、材料だけは」

迦具土の質問に、そう言って庭を指さす道真さん。

今度は木！　木と言うよりも板だらけ。本棚から作れってことか？

「あれ？　ちょっと待ってよ？　本って重いじゃん。棚を作ったところで、本棚が崩れたら……」

「それなんだ！　前も底が抜けてしまって……」

「わかりました。だったら今日は本の仕分けをしましょう。あいうえお順に並べて置くことにします。それなら、探しやすいし戻しやすいですよね？」

イメージは学校の図書館だ！

本棚など、補強のいるものは祖父の方が詳しいから、帰ったら聞けばいいだろう。

「ああ、今宵《こよい》はこちらで食事をしていってくれ。この中にも使用人がいるから、なんでも申しつけてくれて構わない」

「ありがとうございます。じゃあ、カバンを置かせてもらいますね」

少し本をどけてカバンを下ろし、まずは本をまとめていくことから始める。

黙々と題字を確認しつつまとめていると、道真さんが手に取った本を開き始めるので、「道真さんは読むの禁止です！」と言う。

しゅんとする道真さんに、早く早くと本を分けてもらう。読めない漢字も多いから、積極的に動いてもらわないと困る。

それからどのくらい時間が経ったのか、使用人さんに「お食事のご用意が整いました」と言われるまでずっと本と格闘し続けていた。とりあえず切り上げて、食事の用意された別の部屋に入る。

「うわぁ、ここの襖《ふすま》を開けると庭が見えるんだ」

「鯉《こい》と亀がおるし、時折迷い込んできた鳥も羽を休めに来る。いつも一人で食べる食事に色を添えてくれる者達じゃな」

道真さんの言葉に考え込んでしまう。ここで……一人で……

　すると迦具土に肩を叩かれた。

「翔平、しょげるな。みんな普段はこんなものだぞ？　大国様も八意のジジイもな」

「そっか、そうだよね……祀《まつ》られてるってことは、ここが家なんだもんね」

「神が複数祀《まつ》られているところは賑やかだと聞いたことがあるが、皆、常にそこにいるわけでもないからなぁ。さ、遠慮せずに食べてくれ。今日は刺身だな……どれどれ」

　道真さんもそう言いながらお膳の前に着席する。

　用意されたお膳には、ブリや鯛《たい》などのお刺身が盛りつけられ、小鉢には豆腐の上に小さな花が添えられていて、とても綺麗だった。

「食べるのがもったいないですね」

「その花は塩で漬けてあるからそのまま食せる。何事にも無駄なものがないようにと言っておってな」

　道真さんの説明に迦具土が即座に突っ込んだ。

「無駄なのは本だろーが！」

「捨てられんのだよ。えーと、だんだり？　だったかな？」

「断捨離《だんしゃり》ですか？」

神様って、変な言葉ばかり覚えるんだよなぁ。

「そうそう、それをしてみようと思いながらできず、着物ばかり捨ててしもうた」

「本を捨てろ！　もう、燃やしていいか？」

「迦具土、駄目だから！　とにかく仕分け。明日爺ちゃんに道具を貰ったら棚を作ろう」

食事をしつつ、時折パシャンと聞こえる池に目を向けたところ、岩の上に亀がいた。後で何かあげたいなと思って道真さんに聞くと、餌《えさ》を用意してくれるとのことだったので、食後の休憩にいいなと、のんびりと箸を進める。

「ご馳走《ちそう》様でしたー。小鉢がいっぱいで、新鮮でした」

「よかった。普段はもっと少ないのだが、育ち盛りだろうし、給仕も張り切ったようだな」

「なぁ、亀の餌《えさ》……」

迦具土はせっかちなんだから！　と言って、窓から外に出て用意してもらっていた餌《えさ》を撒《ま》くと、鯉《こい》の方が口をパクパクとさせて寄ってくる。

「か、可愛い……亀は食べないのかな？」

「これ、鯉《こい》の餌《えさ》じゃないのか？」

俺達が話していると、道真さんも池を覗き込みつつ言う。

「亀も食べる。少し撒《ま》いておけば、そのうち、水に潜《もぐ》りながら持っていくはず」

「へー、鯉《こい》に全部食われるなよ？」

そうして餌《えさ》を色々な方向に撒《ま》き、部屋に戻ってまた本の整理をすること数時間。

「た、畳が見えた……」

ドッと疲れが出たところで、八意さんが迎えに来てくれたので、また明日と言って、一度大国さんの神社に寄ってから自転車ごと家に送ってもらった。

家に着いたらすぐに祖父母が出てきて、炬燵《こたつ》の部屋で、道真さんの家というのはどんな家だった？　とか、お庭はあったの？　とか、色々と質問してくる。

「池に鯉《こい》と亀がいた。庭に灯篭《とうろう》があって、それで夜でも明るかったんだ。ご飯はお膳で、小鉢が沢山あって美味《おい》しかったよ。今日は本が雪崩《なだれ》を起こしていた部屋の掃除をして、畳がやっと見えるようになった」と一気に話してからお風呂に入り、体をよく伸ばす。

後は迦具土が説明してくれるだろう。風呂を出て、詳しい話は明日するねと言って布団に潜《もぐ》り込むと、疲れからかすぐに眠ってしまった。

翌朝、「ああー！　間に合わない！　宿題がっ！　行ってきます」とご飯を早々に切り上げ、祖父に用意してもらいたいものを書いた紙を渡して学校に向かう。

ガラッ――

教室の扉を開けてすぐ、視線で重春を探す。いた！

「おはよう、あのさ……宿題なんだけど、写させてもらえない？」

「え？　熱でもあんの？　お前が宿題してないって何かあったのか？」

重春にそう言われるも、拝み込んで書き写し、ついでに間違っているところを訂正しておく。

ありがとうとプリントを返したところで、チャイムギリギリで入ってくるもう一人の幼馴染《おさななじみ》の和敏《かずとし》。普段は遅刻しないのに、どうしたんだろう。しかも手が真っ黒で、顔もところどころ黒くなっている。ホームルームに来た担任に顔を洗ってこいと言われ、笑いが起こった。

「お前どうしたんだよ？　まだ手が黒いぞ？」

「途中で自転車のチェーンが外れてさぁ。嵌《は》めようとしたんだけど無理だったから、押してきた」

「それで顔も黒くしたのかよ！」

「言われるまで気づかなかったよー！　だから通りすがりの人にも見られてたのか……帰りに自転車屋に寄らないと。翔平の家の近くにあったよな？」

「うん、一緒に行こうか？」

そうは言っても、今日も神社に行かなくてはならないのでゆっくりはできない。

それから四限目までが終わり、弁当を広げると中に紙が一枚入っていた。

《今日は友達に付き合ってやれ。大国》

聞いてたんだ。ありがとう、大国さん！　初めて感謝したよ、俺‼

放課後、今日はなんにも予定がないからと言って、重春も含めた三人で自転車屋に向かうことになった。その後、前に行けなかったお好み焼き屋にも行くことになったので、祖母に電話をかけ、事情を話して少し帰りが遅くなると伝える。

久々の自由！　帰ってきた俺の青春！

そんなことを思いながら自転車置き場に行くと、無残な姿の和敏の自転車が……

「みんな自転車だし、押していけばいいんじゃない？」

しょんぼりする和敏の背中を、お腹空《す》くからちょうどいいじゃんと叩き、三人でまずは自転車屋に。

「また派手に取れたなー。夜には直るけど、取りに来るか？」とおじさんに聞かれ、た和敏は、直ったら電話して、と紙に電話番号を書いている。しかも、「支払いは母ちゃんがするから！」と付け足しておくことも忘れない。ご近所ならではの光景だ。

「さて、行くか！」

お好み焼き屋の前に自転車を止め、中に入る。「いらっしゃーい」と声をかけてきた店主のおじさんは新聞を読んでいた。

「おじさーん、コーラ三つ！」

それから重春は豚玉チーズ、和敏は海鮮、俺は奮発《ふんぱつ》してミックスチーズを特大で注文する。

お待ち！　と出されたコーラは氷少なめの大ジョッキ入り。メニューには学生サイズと書いてあり、これで三百八十円。学生達のお代わりの早さに、一人で切り盛りしているおじさんが面倒になって作ったメニューだ。

そして特大のお好み焼きは、自分の顔よりもでかい！

でも、出汁《だし》も利いていて美味《おい》しいので、結構学生が来るお店だ。

「よし、焼くか！」と思いっきり混ぜて鉄板に流し込み、ひっくり返すまで誰も喋らない。暇な時はおじさんが、「今だ！」と合図してくれるが、今日は次々とお客さんが入ってくるので、名物のかけ声がないのが残念だ。

「お前の方、もういいんじゃね？」と、重春の豚玉チーズをひっくり返すのに成功。でも何故か楕円形《だえんけい》。

自分達の分もひっくり返すものの、和敏は押さえつけすぎて丸いが薄い。

「翔平はブレないよなー。綺麗な丸に適度なふんわり感。お好み焼き屋になれるぞ、お前」

「お前ら潰しすぎ！　形を整えないから楕円形《だえんけい》なんだよ。今日はソース？　醤油《しょうゆ》？」

「俺達はソース。お前くらいだよ、醤油《しょうゆ》つけんのは」

「美味《おい》しいのに」

各々好きなソースを塗り、マヨネーズや鰹節《かつおぶし》、青のりをかける。

友達とのんびりご飯を食べられて楽しいはずなのに、頭をよぎるのは神様達のことばかり。

それでもゲームセンターなどにも行き、久しぶりに学生生活を満喫《まんきつ》できた。

翌日は、いつもの神社へ祖父も一緒に行き、そこから道真さんの家へと向かう。今日は迦具土は留守番だ。

「何やら大変だったようだね」

出迎えてくれた道真さんに言われて、行けなくて申し訳なく思っていることを伝えると、昨日、祖父が丈夫な棚を作ってくれたし、だいぶ片付いたので心配はなくなったとのこと。でも、あんなにあった本がそんなに早く片付くわけがないと思って聞いたら、「祖父殿と二人でせっせと運んだらすぐに終わった」と奇跡のような報告をされてしまった。

同席していた大国さんと八意さんも、もう道真は心配ないと言い出す。今回のおつとめは結局なんだったのかと聞くと、「道真の愚痴《ぐち》聞きと遊び相手だ」と大国さんが答えた。

「とても楽しかった」と道真さんが言ってくれたので、自分にできたことがあったんだと、少し満足する。

「いつでも遊びに来てくださいね」と声をかけると、「では、その時には土産《みやげ》を持ってきて、祖母殿に何か作ってもらおう」などと頷く道真さん。それに大国さんと八意さんも同意している。

駄目だ、このままだとやっぱり我が家が神様のたまり場になってしまう！

それでも、今回の件がきっかけで道真さんの『引きこもり』が治ってくれたらそれでいいと思うことにしよう。

そうして祖父とゆっくり神社を見て回ってから、「今度は家族でお参りに来ますね」と約束して北野天満宮を後にした。

木花咲耶姫　―再び―

道真さんの家からいつもの神社に着いてすぐ、八意さんが呟いた。

「あ、そういえば木花咲耶姫のことなんじゃがのぉ……ほれ、あまりにも我儘《わがまま》が過ぎて大国主様が怒って人に戻したじゃろ？」

途端、「忘れてた！」と言う大国さんの格好はいつもの子供姿。本当はどんな姿なんだろう？　しかも、忘れてたってなんだ？

「えーと、まだそんなに時間が経ってないから、家から出たかどうかだな」

そんなことを言いながら大国さんが鏡を取り出して、こちらに向けてくれる。

「あ、咲耶さんが映ってる。何ここ……小屋？」

「家だ、家！　ちゃぶ台と流しと、布団はあるぞ？」

「前に渡したお金、机にそのまま置いてありますよ？」

「なんだ、家から出ていないのか！」

みんなで見ていると、鏡の中の咲耶がポケットから木の実を出して齧《かじ》り出した。この様子を見るに、家の周りには出ても、買い物には行っていないようだ。

さらに、食べ終わったあと水を飲み、手を合わせて「お願いです、元の生活に……神に戻してください。反省しました」と念仏のように唱えている。

「翔平、どう思う？」

「どうって、髪もボサボサで、服も汚れてるけど……普通の人間の生活を知ってもらうなら、あの家から出てもらわないと……」

「ひと月以内に出るとは思ってなかったが、まさか木の実で暮らしておるとはな。あの辺りは農家が多く、狩りをする家もある。新しい住人がいると気づけば、何かしら声をかけてもらえるはずなんだが……」

「少しは考えてくれていたんですね！」

そう言うと大国さんは、はぁ？　と言わんばかりの顔をした。

「そうでもない。そいつらに頼るかどうかは、咲耶次第だからな」

言い捨てるあたり、何も考えてなかったのか……

でも、咲耶のことだし、水道の水を自分で汲《く》んで飲むのも嫌だっただろう。

考えていたら、大国さんにいきなり頼まれた。

「翔平、今週の金曜の夜から日曜の夜まで、咲耶のところに行ってくれないか？　実はなぁ、あやつの社《やしろ》で春祭りの準備をしてるんだが、石長だけでは準備が難しいんだ。それで手伝いの話をしてもらいたい」

「神様に戻してあげたら？」

「それは駄目だ！」

頑固《がんこ》なんだから！

だが、隣で祖父も頷いているので、これも神様の使いの仕事かと諦め、行く時の注意事項を聞く。それから家に帰り、祖母に咲耶のところへ行くことを伝えた。

「あらあら、何か食べ物とかを持っていく？」

「それは駄目なんだ。俺達の分は持っていってもいいんだけど」

「どういうことなの？」

「ごめん、詳しく言えないんだ。大国さんとの約束で」

「そう……仕方ないわね。寒いところなんでしょう？　暖かい格好をしていかないとねぇ」

祖母に話すと石長さんにも伝わってしまうかもしれないし、石長さんも一緒に行くと言い出すといけないからと口止めされていた。

「婆ちゃん、いらない毛布ないかな？　布団はあるみたいなんだけど、毛布があるかわからないって聞いたから」

「二人分ね？」

「うん、迦具土も連れていく予定なんだ」

出しておいてくれると言うので頼み、迦具土の部屋に行く。そこで今日の話を詳しく話すと、迦具土はブンブンと首を横に振って、「俺は行かない！」とごね出した。

「一緒に行ってよ。そのつもりで用意してもらってるんだから」

「あんな我儘《わがまま》なやつのところに、なんで俺まで行かないといけないんだよ！」

「そう、行かないんだ……だったら大国さんにそう伝えるよ。あーあ、大国さん、迦具土なら、きっとなんとかしてくれると思うって言ってたのになー。いいよ、俺一人で行く。婆ちゃんと料理の練習でもしてて」

そう言ってわざとトボトボと部屋を出ていこうとしたら、「待て！」と必死の形相で止められる。

なら、最初から突っぱねなかったらいいのに……単純なやつだなー。

「わかったよ。行けばいいんだろ？　でも、俺が行っても咲耶は俺のことが嫌いだし、俺も咲耶が嫌いだから何もできねーぞ？　大体、いじめに行くみたいで嫌じゃね？」

「どういうこと？」

「俺ら二人が咲耶に何か言っても、あいつは話をまともに聞かないからいじめてるようにしか思われないじゃないか」

「あ……」

「それに、下からすっごくいい匂いがするってことは、婆さんが俺達の弁当かなんかを作ってんだろ？　咲耶の分はないんじゃないか？」

「さっきも少し話したけど……」と更に詳しく咲耶の現状を話すと、迦具土は腹を抱えて笑い出し、「見たい！　咲耶のその顔は見たい！」と遠足気分になったみたいだ。

「俺は憂鬱《ゆううつ》なのに」

「とにかく、地図を出してくれ。場所の確認するから」

「大国さんが連れてってくれるよ？」

「違う違う、コンビニやスーパー、ホテルとか旅館の位置が書いてある地図だ。機械の箱で見られるだろ？」

パソコンのことかと理解し、部屋からすぐに持ってきて地域の地図を表示させた。

「何度見ても使い方が……っと、これを押すのか？」

迦具土に教えながら地図を見ていくと、歩いて行けるところにスーパーがあり、コンビニや公園などもある。ただ、雪で店が閉まっている可能性もあるが……


二日後、金曜の夕方。荷物を確認していると、家に大国さんが来た。

「向こうは寒い。防寒対策は？」

「厚めの服を何着か持ってます。あと毛布とかカイロとか」

「よし、じゃあ行ってこい！」

簡単に行ってこいと言うが、雪の中の山小屋と思うだけでもう寒い。

パンパン――

手を叩く音が聞こえ、何かをくぐり抜けるような変な感覚とともに、一気に目の前が雪景色となる。鏡で見た時よりも咲耶の小屋はボロく、すきま風が入りそうだった。

入口らしきものを見つけ、ノックをして声をかけるが、返事がないので戸を横にずらす。すると、隅っこに小さく丸まっている咲耶の姿が見える。

「こんにちは。翔平です」

「いやぁぁぁ。なんでここに？　あ、大国様から言われて私を迎えに来てくれたのですね？」

とりあえず荷物を置き、暖炉《だんろ》に薪《まき》を入れて迦具土に火をつけてもらう。そうでないと話す前に凍えてしまいそうだ。

わぁわぁ喚《わめ》く咲耶を放置し、置いてあるやかんに水を入れて、湯を沸かしてお茶を淹《い》れる。もちろん、コップなど必要そうなものも自分達で持ってきた。

マグカップでお茶を飲みながら一通り見回すと、布団が一組あり、食器も一人分あった。お米も米櫃《こめびつ》に入っているが、まだ新しい。

これでお米は炊《た》けるなと、米を洗い、竈《かまど》でご飯を炊《た》く。そして乾燥わかめを具に味噌汁《みそしる》を作り、干物を炙《あぶ》る。

咲耶に「テーブル借りますね」と声をかけると、目をキラキラとさせ、「はい、どうぞお使いください」と言われた。自分の分もあると思ったのだろう。

だが、大国さんからの指示は、「飯は自分達の分だけ準備しろ。咲耶には米一粒も

り冷えた。

プラスチックのお皿とお椀《わん》に、焼けた魚と味噌汁《みそしる》をよそい、炊《た》けた米で迦具土と食事を始める。暖炉《だんろ》の側に机を移動したので体は温かくなったが、それでも足先はかなり冷えた。

「なぁ、迦具土でも寒い？」

「当たり前だ！　人よりはマシだが、寒いものは寒い。なんだ、この熊でも出そうな場所は！」

夕方も過ぎたので、すでに外は真っ暗。街灯もないし熊がご飯の匂いに誘われて来たら怖い。そんなことを考えていると、迦具土が「風呂はどうする？」と外を指さす。

「明日考えるよ。来る前に入ってきてよかった」

他愛《たあい》もない会話をしていたら、隅で布団にくるまった咲耶が、「わ、私《わたくし》の世話をしに来たのではないのですか？　食事も……」とポツリと言う。

「あ、すいません」

そう答えると、貰えると思ったのか身を乗り出してくるので言葉を続ける。

「木の実を食べていたんですよね？　大国さんから聞きました。なので、咲耶さんはいつもの食事をしてください」

こんなこと言いたくない。火の使い方や、米の炊《た》き方を教える方がまだ楽だ！

だが、これが大国さんの指示ならば従うしかない。約束を破ったら留年させるなんて言うから……

「おい、重箱出せ」

「あ、ごめんごめん」

迦具土に言われて取り出した重箱の中には、漬物や卵焼き、肉団子などが入っている。明日の分として野菜と肉。それと小さい包丁に調味料も少しずつ入っていた。

食後、余っていた布団を借り、毛布を敷いて暖炉《だんろ》の近くで迦具土と休む。奥からブツブツと呪文のようなものが聞こえてくるのが怖い。

朝までなかなか寝付けなかったが寒さで起き、朝食やら諸々済ませたあと、耳あてにマフラー、手袋をし、長靴を履《は》いて小屋から出る。

暖を取るのに必要な薪《まき》は暖炉《だんろ》の横に置いて、咲耶に火の番を頼んできたが、こちらを睨《にら》むだけで返事もしなかった。

朝は残ったご飯を卵粥《たまごがゆ》にして食べ、鍋も全部洗ってきたので、作り置きはない。

小屋から出て少し歩くとすぐに民家が見えた。家族で雪かきをしている。

その前の道は国道だろうか？　幅の広い道もあり、地図と照らし合わせて歩いていたらコンビニを見つけた。

「どうする？　近くにスーパーもあるみたいだけど、やってるのかはわかんない」

「まずコンビニへ行くか」

「長靴でなんとかなる程度の雪でよかった。あの民家の人達は、車が通れるように雪をどけていたのかも」

「だろうな。にしてもだ、咲耶のやつ、一日中呪いの言葉ばかり投げつけてきやがって！　帰ったらぶん殴る！」

気持ちはわかるが、人を殴ったら駄目だろう……

「殴ったら駄目だからね？　神には戻さないけど、神社の手伝いをしろって話をしに来たんだから」

「わかってるよ。でも、こんなに近いところに店があるのに、あいつはなんで行かないんだ？」

「お嬢様だから？　あ、お姫様だからか……」

「だからって、一歩くらい動くだろう？」

迦具土が言うことはもっともなのだが、咲耶の今までを見ている分、これからも変わる気がしない。

「それより、咲耶さんに俺達がどうしてここに来たのか聞かれたら、なんて答えよう」

「適当でいいんじゃね？」

迦具土は適当すぎるんだよ！　と言えるはずもなく、コンビニに向かう。

「いらっしゃい」

店員のおじさんに声をかけられ、入口で大まかに雪を落として中に入る。弁当などは少なかったが、インスタント食品の他、洗濯洗剤なども揃っており、コンビニと言うより日用品店という印象だ。飲み物も豊富に揃えてある。奥には洋服もかかっていた。

「えっと、ここはコンビニですか？　地図にはコンビニって出てたんですけど」

「そうだよ。冬限定でこんな風になっちゃうんだ。何か探し物かい？」

何か聞かれたらすぐに答えられるようにと、一応考えていたが、土壇場《どたんば》で口がうまいのは俺よりも迦具土。

「道に迷って。で、何か温かい飲み物が買えたらありがたい」

「なら、そっちのケースにコーヒーとお茶があるよ」

「あと、道を聞きたいんだが……」と、迦具土が用意してきた地図を店員さんに見せる。

「なんだ、裏のキャンプ施設からの迷子かい？」

「そ、そうなんです。みんなとはぐれちゃって」

しどろもどろになりながらなんとか答えると、今は雪のせいで、この辺りは電話が繋《つな》がりにくいと教えられた。

後は迦具土に任せ、温かいコーヒーを二本買う。

迦具土が聞いている間に店内を回ったところ、下着やトレーナーに靴下などを見つけた。奥には五キロの米も置いてある。

おじさんにお礼を言って店を後にし、ひとまず教えてもらった道を歩く。

着いたのはいくつかログハウスのあるキャンプ場。外にはちゃんとバーベキューセットが置いてある。

「いいなー、キャンプ」

「遊びならな。それより戻らないと、もうすぐ昼過ぎになる」

思っていたよりも雪に足が取られ、小屋に着いたのは昼の二時を過ぎた頃だった。湯を沸かしてカップラーメンを作っていると、〝くぅーっ〟と、咲耶のお腹が鳴るのが聞こえる。

ずっと木の実だけだったのだから無理もない。しかも昨日は久しぶりにご飯の匂いを嗅《か》いだのだ。でも、食べますか？　のたった一言を言ってはいけない。大国さんとの約束だ。

ラーメンを食べながら感じる視線は、最初は物欲しそうな感じだった。今では羨《うらや》ましいとかではなく、憎いといった感じになっている。

「迦具土ー！」

「わかってるって。晩飯のことだろ？」

「え？　あー、うん」

耐えられず呼んだのだが、何故気づいてくれないんだ！

「米を今から炊《た》いておけ。米の残りはおにぎりにでもすればいいし。それより明日の朝はいいとして、昼と夕方だな」

迦具土は婆ちゃんに叩きこまれた主夫感丸出しでそう語る。

「買い出しに行く？」

「そうだな、近所を見ながらぶらつくか」

食事を終えてお米を炊《た》いた後、小屋を出て、畑の近くの民家などを見てのんびりと歩く。

「あれ？　あんた達、あの家の子かい？」

途中、麻袋を持ったおばさんに声をかけられた。今の時期だけ遊びに来ていると伝えると、「今年は白菜と里芋がようけあるから、持っていきんしゃい」と袋に入れてくれたので、ありがたく貰うことにし、普段は女性が一人で住んでいると伝える。

「そうだったのかね。野菜だけはあるで、取りにおいでって言ってあげてちょうだい。この辺はまだまだ田舎《いなか》やからねぇ、ご近所で分け合ったりしとるんよ」

「ありがとうございます。あの、肉とかはスーパーにしかないんですよね？」

「近くのスーパーはあまり品ぞろえがよくないから、住宅地にできた大きいスーパーにみんな行くよ。でも車がないとねぇ」

「遠いですか？」

「歩くと遠いねえ。困ってるなら……」

お喋りが好きで人のよさそうなおばさんにこれ以上甘えることはできず、「いえ、聞いただけなので大丈夫です」とお礼を言って、その場を離れる。

優しいおばさんだったなぁと迦具土と話しながら、くるっと一周して小屋に戻ると、荷物が漁られていて、炊《た》いておいた米もなくなっていた。

「咲耶さん……」

「私では……そう、猿！　猿ですの！」

「んなわけねーだろ？　お前から米の匂いがする」

そこまで飢《う》えていたのかと思いつつも、ただ自分も欲しいと言ってくれたらよかったのにとため息をつき、新しく米を炊《た》いて、貰った野菜で具沢山の味噌汁《みそしる》を作る。

「この野菜は余るので置いていきます。近所の方から貰いました。何かあれば言ってほしいと言ってましたが、貰うだけではいけないので、雪が溶けたら菓子折なんかを持っていけばいいと思います」

そう伝えると、「何故、私が……」とブツブツ文句を言っている咲耶。

「迦具土、干物焼いて。俺、風呂見てくるよ」

風呂場に行き、浴槽《よくそう》を丁寧に洗ってから水をはり外へ行く。薪《まき》で焚《た》くものなので、新聞紙に火をつけて中に放り込み、木に火がつくまで根気よく待った。火が安定したところで、時折湯加減を見て薪《まき》を追加していく。

「迦具土、風呂沸いたけど入る？」

「先に入ってこい。体が冷えただろう？」

「わかった」

風呂場へ行き、体を洗って湯に浸《つ》かる。一人ならばいいが、二人三人と入るとなると薪《まき》を足さないといけない。かといってあの様子では荷物を放置するわけにもいかないし、俺と迦具土の後に咲耶が入るわけもない。

そして問題はトイレ。水洗ではなく汲《く》み取り式で、これは咲耶でなくても嫌だろう。

大国さん、なんて場所に越させたんですか！

とはいえ、流しも水道もあるし、電気もつけばコンロもある。

今、人間の姿でなんの力も持たない咲耶がここで生きていくには、最低限のことを教えなければいけない。でも、教えを乞うどころか人の荷物を漁ったり、嘘をついたりした時点でどうするかは、大国さんから指示が出ている。

もし素直に頼ってきたならば、一時的に神の力を少し戻し、大国さんの監視下で春祭りの準備に参加させる予定だった。

だが、感謝もせずに意地汚いことをしたら、春祭りのことを話した上で、やはり三年間は力を戻さず自力で生きていかせる。

それともう一つ伝言を預かっているが、言うか言わないかは任せるとも言われていた。

風呂を出て迦具土と交代する時に、薪《まき》を足した方がいいと伝える。

その後、荷物を片付けていたら、咲耶に「私を神に戻しに来たのではないのですか？」とポツリと聞かれた。

「違うよ」

「だったら笑いに来たのですか？　私がひもじい思いをし、湯にも浸《つ》かれず、小汚い人間として生活している姿を笑いに来たのでしょう？」

「違う」

「私は神だったのですよ？　そろそろ春の祭りが始まる頃合いでしたから、迎えに来たものとばかり。なのに、あなた方だけ食事をとり、温かな湯にまで入り……」

「それは……米も風呂もあったから。ご飯を炊《た》いて食べたり、風呂の準備をしたりしなかったのは咲耶さんでしょ？　近くに日用品店もあったし、大国さんから貰ったお金で着替えは買えたはずだよ？　少ないけど調味料もあるし、探せばきっと働き口がある。ひと月近く何もしなかったのは誰？」

こんなことは言いたくないのに。自分がどんどん嫌な人間になっていくようでとても嫌だ。

「何故……私がそんなことを……今までそのようなことは下々《しもじも》のものが……」

「だからだよ！」

ヒッ！　と声が上がったが、やはり我慢できない。

だけど、これ以上何を話してもきっと聞き入れてはくれないとわかっているので、そのまま口を閉ざす。

こんなの俺じゃない……

悔しさと、わかってもらえない悲しさでイライラして、ついきつい言い方しかできなくなってしまった。それがとても嫌で、咲耶に背を向けて座る。

風呂から出た迦具土は何があったか雰囲気で察したのか、無言でペットボトルのお茶をくれた。それを一気飲みし、大国さんからの春祭りについての話をしてくれと頼む。

「はぁ、まったく……。いいか咲耶。お前を人間にしたのはいいが、社《やしろ》ではとにかく人手が足りん。それでお前にも手伝わせようって話だったんだが……」

「やはり、私の力がいるんですね？　なら早く神に戻してくださいませ」と、咲耶は胸に手を当て目を輝かせている。

「少し力を戻すって話だったんだが……やめておこう」

「何故ですか！　春の祭りで花を咲かせられるのは私だけです！」

「アホか！　大国様でもできる。それでもやはり神気が違うからと俺達がここに来てみたが、翔平が怒るのも無理はない。ここは石長に頑張ってもらうしかないな」

そんなに大きな声で言ったつもりはなかったのに、聞こえてたんだ……

「姉には無理です。綺麗な花など咲かせられるはずもありません。それに、どれだけの花を咲かせる必要があるのか、迦具土様はわかっておいでですか？」

「知ってる。山の神とも話し合わないといけないし、春の訪れを知らせるのはお前の役目だったしな」

「だった？　それはどういうことなのでしょうか？」

「今のお前じゃあ、咲く花も醜《みにく》くなるだろうよ。翔平、帰るぞ」

迦具土に言われ、無言で持ってきた荷物を片付け、部屋を元通りに戻す。

これでまた、咲耶は木の実と水の生活だろう。

「野菜……どうする？」

「婆さんにやれ。行くぞ」

「うん」

玄関から出ようとしたら、「待って、行かないで！」と叫ばれたが、その言葉と同時に、我が家の玄関前に着いてしまった。迦具土にぽつりと言う。

「俺、言われたこと半分もできてないよ」

「あの様子では何を話しても無駄だ。それに、これも大国様の作戦なのかもな」

「作戦？」

「大国様も全部言わないからよ。あとジジイもな。今度出てきたらやっぱりケツを蹴飛ばしてやる！」

結局、蹴るのか！

「寒いから早く中に入るぞ」

そう声をかけられて、ただいまーと玄関に入ると、祖父母が慌てて出てきた。予定より帰りが早かったからか、二人とも「どうしたんだ？」と驚いている。

「後で詳しく話すよ。これ、野菜を貰ったんだ。婆ちゃん、お願い」

「なんだか疲れてるわねぇ。お風呂は入ったの？」

「うん、済ませてある。荷物置いてくるね」

着替えなどをしまい、洗うものを洗濯カゴに入れてから冷蔵庫まで行き、コーラを出して炬燵《こたつ》に入る。

迦具土は道場の方へ行ったというので、大国さんに報告でもしているのだろう。

俺の顔を見て、祖父が心配そうに尋ねてくる。

「どうだったんだ？」

「うん……大国さんに言われた通りにした。けど……」

「何も、変わってなかったということだな？」

「うん。俺なりに少しは説明したんだけど、うまく伝えられなかった。こんなに誰かに怒るっていうか、イライラしたのは初めてだし、女の人に酷《ひど》いことを言うのは駄目だって思ったけど、我慢できずに言っちゃったんだ。爺ちゃん、俺ってそんなに我慢強くないのかもしれない」

「そんなことはない。普段大人しいお前が怒ったということは、相当だったんだろう？　自分を責めることはない」

「そう……なのかな？」

祖父と話していると、祖母と迦具土も炬燵《こたつ》の部屋に入ってくる。迦具土が「今からジジイどもが来る」と嫌そうに顔を顰《しか》めていた。

「あら、だったら羊羹《ようかん》でも出しましょうか。生徒さんからいただいたのよ」と嬉しそうな祖母とは違い、迦具土は浮かない表情をしている。

「なんかあった？」

「いきさつを聞いて、大国様もジジイもため息をついてた。爺さんにも話があるそうだが、まずは今後のことだろうな」

祖母が羊羹《ようかん》を用意しに台所へ行っている間に、押し入れから座布団を出し、お茶の用意をする。

すると、いつもながらふてぶてしい子供姿の大国さんと、のんびりとした雰囲気の八意さんが急に現れた。

できる限り、玄関から来てほしいものだ。

そんな心の声を察したのか、「なんなら毎晩、夕食時に来てもいいんだぞ?」と大国さんがニヤニヤ笑うので、「遠慮しておきます」とやんわりお断りする。

「翔平も言うようになったな」

そう続けた大国さんがよっこらしょっと炬燵《こたつ》に入ってお茶を催促《さいそく》した。二人にお茶を淹《い》れていると、「そこは俺の席!」と迦具土が八意さんに怒り出す。

「いいじゃん、横に座れば」

「嫌だ! 誰がジジイの横に座るか!」

祖母も羊羹《ようかん》をどうぞと台所から来て、「この炬燵《こたつ》は六人用だからみんなで入れるわよ?」とニコニコしている。

違うんだ、婆ちゃん。そんな問題じゃないと思うんだよ、俺は!

「あと一人増える」

「あと一人? 誰ですか?」

ドタッと音がした方を向くと、尻もちをついた石長比売が「こんばんは」とお尻をさすっていた。その格好は前に見た時よりお洒落《しゃれ》になっていて、黒いタートルネックの上に七分袖の濃い目のオレンジのセーター。そして、ロングスカート。

何があったんだ、石長さん!!

大丈夫ですか？　と石長さんを起こして座布団に座ってもらう。大国さん、祖父、八意さん、俺、祖母、石長さん、迦具土と七人が座るとものすごく狭く感じる。

石長さんにも羊羹《ようかん》を出してお茶を淹《い》れ、大国さんが話すのを待つ。すると、「咲耶の件は石長比売にはもう話した」と爆弾発言。言わない約束じゃあなかったのかよ！

「石長さん、ごめんなさい。こんなことになっちゃって」

「いいえ、咲耶は元気だったのですよね？」

「はい、一応」

「ならば、それでいいです。それよりも祭りの話。今は私が春祭りの準備を手伝っているものの、私では咲耶のように多くの花を咲かせることは無理でしょう。せいぜい蕾《つぼみ》までしか……でも、楽しみにしている人が沢山いるから、なんとかならないものかと」

春祭りについて神様四人が話し合っている間に、この一日ちょっとの、向こうでの生活を思い出す。

「翔平、どうかしたか?」

「なんでもない。それより、俺達もその春祭りっていうのを手伝うことになるのかな?」

実際、大国さん達はそれを頼むつもりだったらしい。祖父は石長さんの手伝いで、木にしめ縄を巻きつける役。範囲が広いため泊まりがけで三日に分けて手伝うことに。俺と迦具土は神社の中の手伝いをするように言われる。

「しめ縄を巻くと花が咲くの?」

「俺の気が入れてあるから、大丈夫だとは思う。翔平と迦具土は手伝いの前に咲耶を連れてきてくれ」

今、なんて言いました? 大国さん!

「咲耶の神社まで連れてきてくれればいい。完全に人となってるからなんにもできんが、精霊やみんなが働いてるところくらいは見せてやることにする」

やだなぁ……

思っていたことが顔に出ていたのか、八意さんに「連れてきてくれたら、後は儂《わし》らに任せておけばいい」と頭をポンポンとされてしまう。石長さんも声をかけてきた。

「妹がまた迷惑をかけたことを詫びる。だけど春祭りは本当に大きな祭りで、今も社内はもちろん、周りの精霊や木霊のみんなに手伝ってもらっているほどに忙しい。咲耶はこのような大変な祭りを何度もしていたのだと思うと、そこはやはりすごいことだと思う」

そう言って俯《うつむ》く姿を見たら連れてくるとしか言えず、明日また迦具土と迎えに行くことになってしまった。

「婆ちゃんは留守番？」

「祖母殿。観光なんてどうだ？」と大国さんが誘ってくれる。

「いえ、私はここで待ちます。お華の生徒さんも来ますからねぇ。ほほほ。何十年かぶりの独身に戻ったつもりで、生徒さんの来ない日は芝居でも見に行ってこようかしら？」

「芝居小屋があるのか？」

大国さん、多分、歌舞伎《かぶき》のことだと思います……

祖母が歌舞伎《かぶき》について説明している間に、自分達の泊まるところ、日数などを決めた。そういえば学校はどうするんだろうと八意さんに聞くと、「ふむ。大風邪で休むと言えばよかろう?」とあっさり答えが。大風邪ってなんだ!

「テレビで聞くインフルとかいうやつじゃないか?」

「俺、かかったことないよ?」

迦具土の言葉に首を傾げていると、「そうじゃないと休めないだろ?」と大国さんに言われてしまった。

「どんどん授業から置いていかれるよ。学年末試験もあるのに……」

「気になるのなら、そこは俺達が無理を言ってるんだから、試験の結果がどうあれ三年生に上がれるようにするぞ?」

いつもながら、何を言っているんですか大国さん。そんなずるいことはしません!

「そうさなぁ、元々の約束を違《たが》えたのは俺達の方だ。週に二回、夜だけの予定だったのを毎日にしたり、開催場所をこの家に変えたり。それは申し訳なく思ってる。その分については、翔平が望む形で何かお礼をと考えてるが」

「神様にそんなことさせられませんから」

「そうか、困ったら言ってこい。その時は必ず力になると約束する。だから、咲耶のお守《も》りは頼んだぞ？」

いやいや、さっき八意さんがこっちでなんとかするって……まあ、言ってもしょうがないか。

「それにしても一月なのに春祭りの準備って早くないですか？　普通、三月とか四月だと思うんですけど」

「ふむ。旧暦では一月から春などと言われておるし、早いところでは二月から行うところもある。この春祭りは、春がもうすぐ来ますよという合図のような祭りじゃから、本祭りは三月の末から四月の桜の開花時期までに行う。その時に慌てずに済むよう今回は念入りに早くしておるしのぅ」

花が咲くのならば、出店なども出るだろうし、それなりに賑わうはずと考えていたら、「本祭りとは違うから、質素だぞ？」と大国さんに言われてしまう。

「心の中を読まないでくださいってば」

「読まんでもわかるわ。顔に書いてある。出店のことでも考えてたんだろう？　祭りと言っても、宮司《ぐうじ》が祝詞《のりと》をあげて終わりだと思え」

それを聞いてがっかりしていたところ、祖父が質問をした。

「大国様、私はいつそちらへ向かえばよろしいですかな？」

「源三郎は明日、俺が迎えに来る。泊まるところは心配するな。奥に屋敷があるからそこに泊まってもらう。祖母殿、何も心配はいらん、このお守りを持っていてくれ。何かあった時には駆けつける……誰かが！」

「ありがたく」

お守りを懐《ふところ》にしまった祖母は呑気《のんき》なもので、石長さんの服装について、何色が似合いそうだとか、今度お買い物に行きましょうなどと誘っている。

婆ちゃん、あなたの鋼の心臓を俺にください！

その後、次々と話が決まり、夜も遅くなったのでみんなが帰っていった。なので、俺もそのまま、おやすみと言って部屋に行ったのだった。

春祭り

大国さん達と相談をした後、俺と迦具土は部屋で話をしていた。

「迦具土、俺には咲耶さんをどうにかする自信ないよ」

「アホか！　俺だってないわ！」

「服とかどうする？　咲耶さんの服、汚れてたじゃん。あのまま行かせるの？」

「そうするしかないだろう？　寝る前に二、三日分の服の用意しておけよ？」

「うん」

大きめのカバンを出し、その中に下着やタオル、Tシャツなどを詰めた。寒いといけないからと厚手の服も入れてチャックを閉める。

昨日と今日のためにまとめていたので、洗面とシャンプーセットもカバンに入っている。なんだか出張に行くお父さんみたいだなと思い、つい噴き出してしまった。

翌朝、ご飯を食べながら、祖母に何度も本当に一人で大丈夫かと聞いて呆れられてしまった。祖父も準備をしたようだが、荷物は少ないに越したことはないと言うだけあってカバンが小さい。

「爺ちゃん、薬は持った？　ほら、石長さんから貰った薬」

「ちゃんと巾着《きんちゃく》に入れてある。それにもう元気だ。どうやら神気に触れていたおかげか、少しは長生きできそうだぞ？」

「ほほほ。この年になってまだまだ長生きできるなんてねぇ。翔平の子まで見るつもりでいないと」

「気が早いよ、それは！」

食事を済ませて、いつもの紺色のコートを羽織《はお》り、迦具土と先に行くことになった。祖父母が見送りに来てくれる。

「翔平、お行儀よくね？」

怒っちゃ駄目よー！　という祖母の声を聞きながら、着いた先は咲耶の小屋の前。

「俺、何度こうやって運んでもらっても慣れない……」

「慣れろ。『えれべえーたあ』とかいうものと変わらんだろう？」

「あのフワッと感が嫌いなんだよ」

「雑に飛んでいるからな」

「丁寧に飛んでください、お兄様」

茶化して言うと、「やめんか！　気持ち悪い！　純平がいる時だけにしてくれ。ゾワゾワする」と迦具土が腕をさする。

二人で扉の前まで行き、トントンと叩くが反応がないので、仕方なく引き戸を開けた。すると、掛布団に丸まった咲耶がこちらを睨《にら》みつけてくる。

正直に言ってかなり怖い。まるでホラー映画のように怖い！

仕方がないと言えばそれまでだが、昨日帰った時と変わらず、暖炉《だんろ》に火を入れた形跡もなければ、食事の準備をした形跡もない。

「咲耶さん……」

「何をしに来られたのですか！　また私を笑いにでも来たのですか？」

「違います。春祭りの件で、大国さんから頼まれて迎えに来ました」

その瞬間、咲耶はガバッと布団から出て、手を前で組んだ。

「やはり私が必要なのですね！　それならばそうと……早く連れていってくださいま

せ。そうすれば、昨日のことは水に流して差し上げましょう」

「迦具土……」

声をかけると、迦具土は無言のまま指で輪を描いた。その輪の中に入ってくれと言われたので従う。

また光に包まれたと思ったら、次の瞬間に俺達が立っていたのは咲耶の神社の前。

「誰も迎えに来ませんわ……」

「今お前は人間の姿だ。術で神社の者達に見えるようにはしてやる。それとは別に、他の人間からは見えないようにもしておく。そこに立ってろ」

迦具土に言われ、咲耶は眉間に皺《しわ》を寄せながらも従う。

俺は先に術をかけてもらっていたので、咲耶を目にした花の精達が逃げたり、慌てて隠れたりしている様子を見た。が、何故逃げるのかはわからない。

「あぁ、私の神社。やっと帰ってこられましたわ。人間、ご苦労様でした。もう下がってよいですよ」

はぁ？　と言わんばかりの表情をしていたのだろう、あからさまに嫌な顔をされ、

「私は今から湯浴みをして着物を新しいものに着替え、温かな食事をしなければなら

ないのです。人ごときがこれ以上、用があるとは思えませんが」と相変わらずの咲耶節。

「咲耶、お前は馬鹿か？　馬鹿なのか？　もう一回雪里に飛ばすぞ？」

「迦具土、駄目だって」

嫌そうな様子の咲耶だが、ふと気がついたのか「早く神気を返してくださいませ！」と迦具土に言い出した。

「俺はお前の神気は持ってない。大国様が持ってる」

「そんな……」

ひとまず咲耶の住居に行こうと、迦具土が近くにいた使用人に道を聞く。

「こっちだそうだ」

ふらふら歩いていってしまった咲耶は放って着いていくと、布団が畳んで置いてある広間に着いた。ここで祖父と迦具土と寝るのだろうと荷物を置いて、部屋を出る。

「咲耶さん、どこに行ったんだろう？　神気がないのに動き回っていいのかな？」

「神気がなければ何もできん。今は神の位《くらい》的に俺の方が咲耶より格上だから、精霊達はみんな俺の言うことに従ってくれるが……それでもなんだか様子がおかしいな」

「うん、みんな隠れたり逃げたりしてたし」

「ちょっと聞いて回ろうか。まだ爺さんも来ないだろうし」

適当に廊下を歩き、空《あ》いている部屋などを見て回るが咲耶はいない。奥の部屋から「おやめください」と声が聞こえたので、走っていく。

開け放たれた扉の向こうには、何枚もの着物を乱雑に扱っている咲耶さんがいた。膝くらいまでの丈の着物を着た使用人が何名も、放り出された着物を拾っては畳み、簪《かんざし》なども箱に入れ直し、必死でやめてくれと咲耶にお願いしている。

「私のいつもの着物はどこですか？　と聞いているのです。髪飾りも、帯も、お気に入りのものを出せと言うておるのがわからぬのですか！　役に立たない者はここにいりませぬ、塵《ちり》となっておしまいなさい！」

ヒステリーを起こしているが、今、目の前にいるのは神でもなんでもない人間の咲耶。誰も従うはずがない。

「おい、何をしている」

見かねた迦具土が使用人に声をかけると、使用人の一人が、「か、迦具土様。お待ちしておりました。姫……とはわかっているのですが、神気もなく、大国主命様からも着物や簪《かんざし》など、贅《ぜい》を尽くしたものは処分せよと言われておりまして……」

「処分？　捨てちゃうの？」

「いえ、蔵に保管します。そういう意味なのかと思いまして……あの、翔平様ですね？　あなた様も姫をお止めくださいませ」

するると、迦具土が尋ねる。

「おい、ここの花の精や木の精達が隠れていたんだが、その事情も教えろ」

「実は……」

今まで、姫のために働きながら、それぞれの担当の木や花の世話もしていた彼らだが、毎年花や木の育成が追いつかないと怒られ、必死でやっていた。ところが咲耶がいなくなったことで、元々の自分達の仕事に専念することができるとみんな喜び、今の屋敷には必要最低限の使用人しかいないという。そんな中、咲耶が帰ってきたので、またこき使われると怯えていたようだ。

「まぁ、当たり前の話だな」

「特に今は大国主命様からも命じられておりますので、春祭りに間に合うようにと木々や花々を育てることを優先しているのです」

元の仕事に戻れた彼らは、またここに戻ってくるのが嫌で逃げていたのかもしれない。

「持ち場が屋敷の者は仕方がないとしても、今まで外の花の蜜などを運んだりしていた者達は特に花の成長が遅れていましたから、ホッとしている者も少なくなく……」

「わかった。お前達、片付けはいいから全員部屋から出ろ」

迦具土に言われ、使用人達が部屋から出たところで、何かの術を使ったのか咲耶の体が動かなくなった。その場に座り込んだ咲耶を廊下に出して襖《ふすま》を閉めた迦具土が、何やらブツブツと唱える。それが終わった時には襖《ふすま》に赤くて丸い模様が出ていた。

「何したんだ?」

「また着物のことで騒げないよう、誰も入れないようにした。この術は俺にしか解けん。これでも上位の神だぞ?」

「あ、忘れてた」

「忘れんな!」

普段の姿が神様っぽくないので、突然、神様的なことをされると驚いてしまう。

「それで咲耶さんをどうするの?」

「体の金縛りは解くが、口は閉じたままにしたいくらいだな」

「ちょっと可哀想だけど」

「ま、面白そうだから、俺達の後をついてくるように術をかけておくか」

迦具土がパン！　と手を叩くと、ヒステリーを起こした咲耶が後をついてくる。

使用人の一人に案内をさせて台所へと行き、おにぎりと味噌汁《みそしる》でいいから作ってくれと迦具土が頼むと、すぐに作ってくれた。なので、それをお昼ご飯の代わりに食べる……が、咲耶の分はない。

おろおろとしている使用人達に、「大国様の命があるまでいつもと同じ仕事をするように」と迦具土が言い、台所を後にして庭に出る。

その間も咲耶は喚《わめ》き散らしていたが、それを無視して境内《けいだい》などをすべて見て回り、東屋《あずまや》でお茶を飲む。

「わ、私にも茶を……」

仕方ないなと迦具土が立ち上がったので、お茶をあげるのだとばかり思っていたら、近くの湧き水のところまで連れていき、「ほら、勝手に飲め」と言い出す。

流石《さすが》にそれは酷《ひど》いんじゃないか？

「私はお茶を所望したのです。何故湧き水など……手で掬《すく》って飲めと？　姫である私がそんなはしたないことはできませぬ」

「お、調子が戻ってきたな。だが、今のお前は人間のままだ。ここの使用人より格下ということを忘れるな」

下唇を噛み締めながら、案内をしてくれている使用人を睨《にら》む咲耶の姿は鬼そのもの。使用人はヒィと悲鳴を上げて迦具土の足元に隠れ、ガクガクと震えていた。迦具土が「お前に非はない」とちゃんとフォローしてあげている。

「咲耶、神というのは替えがきく」

流石《さすが》の咲耶も一瞬ビクッとしたように見えたが、「私の代わりなど、誰にも務まりませぬ！」と言い切るところがすごい。そこで、俺もそっと声をかけた。

「俺も前に聞いたんだけど、簡単に言ってしまえば、咲耶さんがこの世からいなくなれば、新しい咲耶さんが生まれて、この社《やしろ》に来るってこと。知らない？」

「まさか……でも、私をここに連れてきたのならば、大国主様にそのようなお考えはないかと！」

「やっぱりお前はアホだな」

「あ、アホ？」

　自分が言われたのかと思ったのだが、「咲耶のことだ」と言われ、ホッとしたのは内緒にしておこう。

「あ、あなた方、私を春祭りのために連れてきたと言いましたわよね？　それなのにこのような扱いは不当すぎますわ。こんな薄汚れた身形《みなり》で……私にこれ以上恥をかかせないでくださいませ」

「そう言われても、俺達は連れてくるだけの役目だから。それに、前にここに来た時より、精霊のみんなが生き生きしてるよ？」

「私が屋敷に戻れば、すべて元に戻ります！」

　こちらの話なんて聞く気もない咲耶にもう限界だと思った瞬間、「待たせたな」と大国さんと祖父、八意さんが来た。つい「爺ちゃん」と駆け寄ってしまう。すると、大国さんが言い出した。

「すまんな、遅くなって。源三郎に回る場所の確認をしてもらっていた」

「そんなに広い範囲なんですか？」

「かなりな。だから負担にならないように道順を考えていたんだ。咲耶！」

「は、はい」

咲耶はかなりの期待を込めて大国さんを見ているが、大国さんから放たれた言葉は、「お前汚いなー。それに、くっさ！」だった。

それには流石《さすが》の咲耶も言い返すことができず、下を向いてポロポロと涙をこぼしている。

「酷《ひど》いですわ！　私をあんな寒いところへと行かせ、着物も何もかも奪ってしまうのですもの。私はこのような扱いは受けたことがありません。湯浴みもできず……」

「黙れ！」

今まで聞いたこともないほど冷たい声で言い放つ大国さんに、泣いていた咲耶も顔を上げ、驚きの表情を浮かべながら周りの人達を見回す。

いつの間にか来ていた洋服姿の石長さんに目を止めた咲耶が、顔を歪《ゆが》めた。

「姉様、何故そんな似合わない服を着ているのですか？」

「咲耶、私がどんな服を着ようと関係ないと思う。今まで洒落《しゃれ》たこともせなんだから、少しくらいよいであろう？　それに、似合う似合わないは気にしていない……」

その後、ボソッと純平さんの好みに……と赤くなって呟いているのを聞いて、祖父と顔を見合わせてしまった。恋の力ってすごい!!

「それよりもじゃ、咲耶の神気はどうするんじゃ？」

八意さん、肝心なことを言ってくれてありがとう。

「まずは風呂に入ってこれに着替えろ」

大国さんがそう言って咲耶の前に出した服は、地味なグレーのセーターにデニムのロングスカート。

でも、咲耶は返事をせず、神に戻してくれと懇願《こんがん》している。

「手伝いだと言っただろう？　お前は石長の補佐だ。祭りの間、ちゃんと手伝えば飯は出る」

ご飯と聞いてぱっと笑顔になったのも束の間。大国さんが「風呂はいいのか？」と言うと、咲耶はものすごい勢いでお風呂場に向かって走っていってしまった。

あれだけ汚れていたのだから、相当体が痒《かゆ》かったに違いない。

その後、一時間待ってもお風呂から出てこないので、女性の石長さんが見に行ったが、戻ってきたのは案内してくれていた使用人だけ。

「あのぅ……」

使用人が困ったような泣きそうな顔で、おずおずと大国さんに報告したところによると、石長さんが咲耶を叱り飛ばして風呂から強制的に出し、術で服を着せて椅子に縛りつけているらしい。俺達は急いでお風呂場へと向かう。

流石《さすが》の大国さんも驚いたようで、「石長、何があった?」と焦った声をかける。

「大国主様……私では咲耶は止められません。やはり、もう一度雪里へとお返しください」

「一体どういうことか説明しろ」

「私が見に来た時、妹は使用人のみんなに、花を浮かべたいから香りのよい花を摘《つ》んでこいだの、湯が汚くなったからすぐに取り替えろだの、我儘《わがまま》を言いたい放題でした。今は人間の身、命令できる立場にないと叱ったのですが……」

その場の全員がため息をつき、大らかな祖父までもが眉間に皺《しわ》を寄せている。

「石長、ご苦労だった。少し休め」

「いいえ、ここで立ち話もなんですから、座敷の方へ。お茶を淹《い》れます」

石長さんの術で体を紐で縛られたまま、咲耶も座敷に座り、ひたすら食事をねだっている。

見た目だけなら、俺達、誘拐犯じゃん！

そう思っていたら、大国さんに釘を刺された。

「翔平、紐を解こうなんて思うなよ？　源三郎もだ。ったく、気を遣って一人で風呂に行かせたのが間違いだったな」

「ふ、風呂は久しぶりなので、ゆるりと入っていただけです！　いつも、何かの花や、香りのよい葉などを入れていたから、持ってきてほしいと言ったまで。何も咎《とが》められる……」

「馬鹿かお前はー！」

大国さん、その小さな体のどこからそんな大きな声が出るんですか……

怒声のたびに耳をふさぐ俺の身にもなってくれ。

「あのな、今のお前はちょっと神様が見えるだけの人間。それも頭が悪く質《たち》も悪い。いいか？　お前は石長に逆らえるような立場にない。姉妹ということに甘えるな！　甘やかさなかった石長は偉い！」

石長さんがお茶を淹《い》れてくれたので適当に座った。使用人達が茶菓子も出してくれたが、それを睨《にら》むように見ている咲耶にビクビクしてしまい、手がつけづらい。

「大国さん、咲耶さんの食事は？」

「我慢させておけ。俺とて働いてもらうからには食事をと思っていたさ。しかし、ここまで我儘《わがまま》が過ぎるとやはり雪里に戻したくなる。だが、現状では祭りの準備が間に合わない可能性が高い以上、手伝わせるしかない。八意がいい知恵を出してくれれば話が早いんだが、呑気《のんき》にしてるから当てにならん！」

「ふむ。知恵と言われてものぅ……反省もせん、何も変わってもおらぬとなると、滅して新たに神を降ろすしかあるまい？　それが一番早い解決策じゃが、そう簡単にもいかんのじゃよ」

「私を滅するなどおやめくださいませ！　皆が悲しみます」

その一言に全員無言。最初に口を開いたのは大国さんだった。

「悲しむ？　誰が悲しむ？　誰も悲しむ者などおらんわ！　見ただろう？　お前の我《わが》儘《まま》で遅れている草花の開花。それに翻弄《ほんろう》される精霊達を！」

「私の世話をするのは当たり前でございますし、今まで祭りに影響はございませんでした」

「影響がないだと？」

「はい。今までちゃんと、私の指導のもと、こなしてまいりました！」

　確かに毎年遅れることなく祭りが執《と》り行われていたのだから、それは褒めるべきことなのかもしれない。それに、ひと月近く寒い小屋のような家で暮らしていて、何もできなかったのは、使用人になんでもさせていて自分でする習慣がなかったから。冷静に考えれば、いきなり変われと言っても無理な話だろう。

　けれど、大国さんは同情すべきではないと思っているのか首を横に振る。

「確かに祭りは行われていた。だが、無条件に世話をさせるというのは違うだろう？　もういい！　石長、お前も覚悟しておけ！」

「大国主様！　私だけでは……」

　俺や迦具土、祖父まで駆り出されているんだから、石長さん一人では無理なのだろうが、神様の祭りについてなので口出しができない。それに、大国さんの言っていることが正しすぎる。優しい祖父も黙って聞いているくらいだ。

「石長よ。お前の妹とて、これ以上は好きにさせられん。俺の監視下に置いても文句を垂れるだけだ」

「先ほどは私も咲耶を雪里に戻すよう申しましたが、さすがに滅するのは……せめてこの祭りにてご判断くださいませぬか？」

「時間はやっただろう？」

事実だからか、何も言えなくなった石長さんは下を向いてしまう。咲耶は咲耶で、自分だけが非難されるのはおかしいと言っている。

そんな中、気になったことがあった。

「八意さん、もしも新しい木花咲耶姫ができたとして、神気っていうのはどうするんですか？」

「大国様が新しい木花咲耶姫に今の木花咲耶姫から回収した神気を渡す。そうして継いでいくのじゃ。今の咲耶姫とはまた別の存在だが、石長比売の妹には変わりない。性格は違うだろうが……」

「それなりに叩き込んでから来させるからな！」

鼻息荒い大国さんに、「大国主様、それはあまりに石長姫が可哀想かと。手伝いをさせてからでも遅くはないのではないですかな？」と祖父が珍しく意見を言う。

「源三郎、誰が咲耶の面倒を見るんだ？　お前は違うところを担当するだろう？」と答える大国さんだけど、視線はこっちに真っ直ぐ向いている。

爺ちゃん、俺を助けてくれ！

「……わかった、源三郎に免じてもう一度だけ機会をやろう。迦具土、翔平。二人にここでのルールを教える。なに、簡単なことだ。働いた分だけ食事や、寝床などの対価が渡される。これは元々、咲耶が屋敷の者に与えたルールでもある。それをこいつに叩き込め。その上で咲耶がちゃんと働いたら、今後のことを考えてやってもいい」

考えるだけなのか……

「大国さん、もうここで下働きさせたらどうですか？　だって、使用人が見えて、観光客から見えなければいいんでしょ？　だったら、使用人にこき使われて大変さを知ればいいんだよ。迦具土にも案があるなら聞くけど」

「……………ない！」

「それも手だな。とにかく、源三郎は明日から社《やしろ》を回らねばならんから、今日はゆっくりしていてくれ。俺は本殿に用がある。その後ちょっと行くところがあるんでな、明日また来るが……ここに住む者全員に、咲耶は下働きの人間として扱うように言っておく。八意、面倒を見てくれ。翔平と迦具土は石長について準備を進めてくれ」

それだけ言うと大国さんは消え、八意さんが「逃げた！」とプンプンと怒る。

「八意さん、大国さんの言っていたルールって……」

八意さんに話を聞き、なるほどと納得してから迦具土と一緒に、チラッと咲耶を見る。

「祖父殿、色々と見て回ってもらっても構いません。人からは見えませんから」

そう言った石長さんは、長い話に疲れただろうからと、祖父を気遣ってくれた。

「ならば、見学をさせてもらいます」

石長さんが頷き、咲耶のことを頼みますと八意さんに告げてから、迦具土と俺と三人で正門まで行く。

「本当に妹が申し訳ないことをした。あれでは滅されても、私も何も言えない……かと言って下女として働かせるのは見るに堪《た》えないところもあって……私は姉なのに何もできていない。どうしたらよいようになるのか、何か知恵でもあれば」

「ちょっと待ってよ。今だけの下働きかもしれないし、大変さがわかったら少しは変わるかもしれない。せめて三日間は様子を見よう？　それより準備は？」

正門の前から桜の木や他の草花の様子を見て回り、困っている者達を助けてほしいと石長さんに言われたので、迦具土と丁寧に見ていく。すると、小さな葉に露を載せた精霊達があっちこっち忙しそうに行ったり来たりしていた。

「何してるんだろう？」

「聞いてみろ」

「えー！　俺が？」

仕方ないと、近くにいた小さな緑の着物を着た精霊に声をかける。

「あ、翔平様、迦具土様」

「今、何しているの？　俺達手伝いに来たんだけど、何かできることある？」と質問してみた。

「今は夜に向けて、根に水を運んでおります。表面はいいのですが根の方に水が行きわたらなくて……」

「水やりとかしないのかな？」

「これだけ広いと奥の方は行き届かんのかもな」

迦具土の相槌《あいづち》を聞いて周りを見ると、他の精霊達も露を運んでいる。どこから持ってきているのだろうと疑問を覚え、「それって池から持ってきてるの？」と聞く。

「はい。特別なものではないです」

それを聞いて、バケツ二つに水を入れて持ってきて、一つを迦具土に渡し、手分けして水撒《ま》きをすることにした。でも表面には撒《ま》かなくてもいいと教えられたので、木々の間にバケツを置くと、沢山のよく似た精霊達が出てきてお礼を言われる。

彼らが葉で水を掬《すく》い、土の中にスゥッと入っていくので、これは自分達にはできないなと理解した。水がなくなる前にと、いくつものバケツに水を汲《く》んで、いろんなところに置いてみる。

すると、オレンジやピンク、茶色など様々な服を着た精霊が沢山出てきて、忙《せわ》しく水を持っていくので、繰り返し空《から》になったバケツに水を入れて運んで手伝った。

日が落ちる前に、「ありがとうございました。この一帯はもう心配いりません」とお礼を言われる。続けて相談をされた。

「あの、もしよければ明日の朝、池から一番遠いあの木の一帯にも水を持っていってもらえませんか？　池から遠いので、木が枯れているんです」

「うん、朝でいいんだね。俺達は三日間いるし、用事があったら言ってね。手伝いに来たんだから」

「あ、ありがとうございます！　とても助かります！」

バケツを回収して、部屋に行く前に台所を覗きに行こうと迦具土が言うのでついていく。

台所を覗くと祖父が鍋をかき回していた。八意さんは咲耶を横に何やら文句を言っている。

「何を作ってるんだろ？　入ってみる？」

「入ったら手伝わされるぞ？」

「それは嫌だけど、見てみたいじゃん」

「それもそうだな」

迦具土と相談後、コソコソッと中に入り、そーっと様子を見ていると、祖父が作っているのは味噌汁《みそしる》だった。八意さんは咲耶に野菜を切らせている。

「何故、私がこんなものを……イタッ」

「じゃから、ちゃんと押さえて切らねばならんと言うたじゃろう」

「血がっ！」

どうやら血が出るたびに絆創膏《ばんそうこう》を渡しているらしく、咲耶の手は絆創膏《ばんそうこう》だらけ。使用人達も、おずおずと次に切るじゃがいもを台の上に載せて逃げている。

「ほうれ、早く剥《む》かんと夕飯がなくなるぞ？」

「そんなこと言っても、今までこんな重いものを持ったことなんて……それに、芋も土がついていて汚らしい」

「馬鹿もん！　新鮮な証拠じゃ。洗えば綺麗になる！　みんなこのようにして作っていたのじゃ。しかも、この包丁は軽い方。『すてんれす』というやつじゃ。はよう剥《む》かんか」

「あー、爺ちゃん、もう自分がやりたそうにめっちゃ見てるよ」

「お？　使用人が爺さんの方に行くぞ」

何を話しているのか、祖父がしゃがんで小さな使用人の目の高さになって話を聞いている。その後、使用人についていったと思ったら、魚をザルに入れて持ってきて、それを捌《さば》き、串にさして火にかけ始めた。

「爺ちゃん、手際いいなー」

「なんでもできそうだよな。でも、咲耶はまだ芋に触れてもいない」

「まともな飯って、ご飯と魚と味噌汁《みそしる》かなぁ？」

お腹空《す》いたなぁと覗き込んでいると、「ひゃぁ！」と使用人の小さな悲鳴が上がり、隠れているのがバレてしまった。使用人を驚かせるなと八意さんに怒られ、結局手伝うはめに。

「俺達が芋剥《む》きかよ！　ジジイが剥《む》け！」

「このままでは夕飯のおかずが少なくなるじゃろう？」

「迦具土、驚かせたお詫びってことでいいんじゃない？」

「くっそー！」

隣でピーマンをなんとか切っている咲耶が、「こんなこと下々《しもじも》の者にやらせればよろしいのよ！」と一つ切り終わるまでに、じゃがいもを二つ剥《む》く迦具土。

「じゃあ、俺は人参だな」

ピーラーがないので、包丁で皮を剥《む》いて乱切りにしてから水につけ、祖父に他にすることはないかと聞くと、後は八意さん達がやっている分だけだから座って待とうと言われた。

「八意様が咲耶姫にもなんとか包丁を持たせて、最初、見本を見せると切っていたんだよ。そうしたら咲耶姫が、八意様がそのまま全部したらいいと……」

「は？」

八意さんの方ができそうな気はするが、丸投げは駄目だろう。

「味噌汁《みそしる》や煮物はここの使用人達の分も合わせて、大きな鍋で作るそうだ。だから野菜も量が多い。体が小さい分、量はそんなにいらないらしいんだが、人数が多いから大変だと聞いた」

「へぇ。そういえばなんで使用人の人達も体が小さいんだろうね？　精霊達よりは大きいように見えるけど」

「おお、それは聞いてなかったな。後で聞いてみようか」

「爺ちゃんも結構、好奇心強いね？」

「ずっと大国主様に仕えてきたが、それでもこんな体験はしたことがない。この年になってもワクワクするよ」

野菜を切り終えて戻ってきた迦具土はよっぽど疲れたのか、「俺は今日、三人前は食う！」と主張していた。程々にねと答えて、肉じゃがを作っている八意さんと咲耶の二人を見ながら、危なっかしいなぁとドキドキしてしまう。

もう出来上がるというところで石長さんも戻ってきたので、結局全員で見守ることとなる。みかんをくれた使用人にお礼を言い、皮を剥《む》いて口に放り込む。

「ああ！　皆さん何もせずにおみかんを食べてますわ！　八意様、叱ってくださいませ！」

「叱るも何も、みんな頼まれた仕事を終わらせ、お主を手伝っていたではないか。正当な報酬じゃ！　早く調味料を入れんか！」

「でもっ！」

「夕飯抜きでもいいのじゃぞ？　こんなに時間をかけよって、夕飯の時間はとうに過ぎておる」

グズグズと泣いたり喚《わめ》いたりしながら、八意さんに言われた通りにかき混ぜている咲耶。調味料については結局、まずいものは食べたくない！　と迦具土が横から醤油《しょうゆ》や酒、砂糖などを入れ、お玉ごと取り上げて味見をし、火を止めた。

「迦具土がしたら意味ないじゃん」

「腹が減ってんだ、俺は！　なのに、くっそ不味《まず》い飯が食えるか！」

怒り狂う迦具土にビクッとしつつ、石長さんが口を開く。

「そ、そういえば……大国主様が咲耶の夕飯はここでと言っていたけれど……」

「でもここでって、どこのことを指してるんですか？」

「あちらに食事用の部屋がある。そこでみんな食べることになっているけれど、みんなが入れる広さはない。使用人にも階級があって、料理・掃除・管理の長《おさ》を務めている者が先に食べる。その後、主力で働いている者が続き、下っ端は最後に……あそこじゃ」

石長さんが指さす方は、咲耶がじゃがいもを剥《む》いていた台。

そこに椅子を置いて食べるそうだ。酷《ひど》い神のところでは、少しの米に汁があるだけという場合もあるらしいが、ここでは見栄えは悪くとも、煮物にご飯、味噌汁《みそしる》はつく。

だが、それはいじめなどではないし、頑張り次第でもっと立派な食事に変わっていくという。元々そう決めたのは咲耶で、「まともに働かない者には粗末な食事をさせればいい」と言ったことから、そうなったとか。

そんな立派なことを言っていて、咲耶のご飯はちゃんと出るのだろうかと気にしていたら、「翔平、正当な報酬になるはずだ」と祖父に諭《さと》された。

これまでのことがある分、本当にそうなるかどうか疑問だし、また咲耶が喚《わめ》き散らしたらどうなるのだろうとの心配もあった。

手伝いをさせる以外にも、咲耶にみんながしていることを見せたり、教えたりすることで、少しでも意識を変えられないだろうかと考える。

すると、石長さんが呟いた。

「寝床も多分、使用人の大部屋となる。風呂は大浴場。咲耶がそれに耐えられるとは思わないし、監視が必要になるから……私が寝室をともにしようと思う」

石長さんも疲れてるのに。やはり妹のことだから気になるんですね？

そう言いたかったが、何やら思案しているようだったので、言わないでおいた。

やっと夕飯ができたので部屋に行き、座布団を並べる。近くに置いてあったストーブの上のやかんからお湯を急須に入れ、みんなにお茶を配った。

「やっと一息つけるな」

そう言ってお茶を啜《すす》っているのは、今までここにいなかった大国さん。

「夕飯もうすぐですけど……」

「だから来た」

そうだと思ったよ！

「で、どうだった？」

「あ、精霊達が根の方に水を運んでたみたいだったので、俺達はバケツで水をいろんなところに運びました」

「敷地内は終わったか？」

「いえ、明日違う場所にも持っていくことになっていて、それで終わりです。その後はどうしようかなと」

「そうか、あいつらの指示に従ってくれたらいい。明日からは源三郎にも動いてもらうので、ここには四人だけとなる」

迦具土と石長さんはまだしも、咲耶が素直に手伝ってくれるとは思えない。

そんなことを考えていると、次々にご飯がお膳で運ばれてきた。みんなが座り、大国さんがいただきますと言ってから食事を始めるが、その席には石長さんも咲耶もいない。

誰も何も言わないのでそのままご飯を食べる。食後は祖父と迦具土と風呂へ行き、出てから何か冷たいものをもらおうと台所に行くと、食器を洗っている石長さんがいた。

一方、台上に置かれたご飯をじっと睨《にら》む咲耶。

「爺ちゃん、嫌な予感しかしない」

「私もだ。このまま素通りするか、声をかけるか……」

「俺が言ってくる」

珍しく迦具土が率先して中へ入っていったので、祖父とこっそり覗きながら、いきなり怒鳴るんじゃないかとハラハラしてしまう。

「おい、なんでお前が洗ってるんだ」

「あ、私達だけになってしまったので。そこまで皆さんに手間はかけさせられないと。それに、咲耶がまだ食べていないため、それも待っていて……」

じっと迦具土が見ているのは、手のつけられていない咲耶の夕飯。

石長さんが気を遣ったのだろう、ご飯に味噌汁《みそしる》に焼き魚、そして煮物もあり、自分達と変わらない食事内容だった。

「食べないのか？」

「このような場所では食《しょく》せませんし、魚は骨が取り除いてありません。ご飯も冷たく、汁も冷えております」

「食べなかったら冷めるに決まってるだろ？」

「冷めたら新しいのをよこすのが当たり前です。骨など、私の口に刺さりでもしたら……あ！」

迦具土が無言でお膳を取り上げ、ご飯はおにぎりにし、味噌汁《みそしる》はそのままグビッと飲んでしまった。それから残りのおかずと一緒に日本酒とグラスをお盆に載せてこちらに来る。

おいおい、絶食記録を更新させるつもりかよ！

「行こう。つまみが手に入ったしな」

「でも！」

「手はつけてないから綺麗だ。石長も来い！」

迦具土が声をかけたので、石長さんもついてきたが、やはり気になるのか時折後ろを振り返る。

そして部屋に行くと、八意さんと大国さんも酒を飲んでいた。

「あ、ジジイ！　なんで枝豆があるんだよ！」

「さっき茹《ゆ》でてきた。ほれ、食うか？」

「くっそー！　爺さんの分だけでいいから渡せ！」

机にお盆を置いて、祖父と迦具土は飲み始め、俺は冷たいお茶を石長さんと飲む。

「はぁ、私も散々、食べ物は粗末にするなと食べるよう促《うなが》したのに、骨を取れだの、こんなところで食べたくないだのと……」

それを聞いた大国さんが言う。

「俺から他の者に言い聞かせておく。咲耶が何もしなかった場合や文句を言った場合は、風呂も食事も抜きだ！　寝床も物置の横の小部屋でいいだろう」

そう言い切って「じゃあ、飲もう！」とご機嫌の大国さんに「はいはい」と答える。とはいえ、もう疲れていたので、宴会に付き合う気はない。用意してあった布団を敷き、カバンからこの神社の地図の載ったパンフレットを出して石長さんに見せる。

今日したことなどを話し、これからどう準備を進めるのか、どこまでが祭りの会場になるのかなどを聞く。

「本殿までは綺麗に花が咲いていればと。後はこの池の周りと、ここの……」と詳しく教えてくれる石長さん。

「石長さんは、無理してない？」

「平気……ではない。でも、ここの春祭りが終わらねば、私の社《やしろ》の方も飾りつけができなくなってしまうし、関わった以上、ここの使用人達が困っているのを見て見ぬふりはできぬ」

　でも、どうして咲耶はここまで我儘《わがまま》になってしまったんだろうと聞くと、石長さんが複雑そうな顔で語る。

「私は……以前は咲耶と似た考えでいた。だが佐野家の温かなもてなしで考えが変わった。親身になってくれた恩は忘れられないし、お返しをしたいと思う。でも、咲耶はそうは感じなかった。これは、私達が離れ離れになってからの生活環境の違いのせいかもしれぬ。この社《やしろ》のことは、私は、みんなの決定に従うつもりだ」

　石長さんなりに色々と考えているんだろうなと思い、ふとみんなを見ると、楽しそうに飲んでいるので放っておくことにした。とりあえず休む前に、咲耶の寝床になる場所を見せてもらう。

　案内された場所は、三畳あるかないかの本当に小さな部屋。

　一体なんのためにあるんだろう？　と疑問を覚えてしまうほどで、電気は一応つくが、布団を敷いたらもうぎゅうぎゅうな感じになりそうだ。

　隅に布団が置いてあったので、誰かがもう用意してくれたのだろうが、果たして咲耶はここで寝るのかどうか。

それでも雪里の小屋よりはマシだろうと思いながら台所を覗いたところ、咲耶はもういない。多分誰かがあの部屋のことを伝えてくれているだろうと考え、石長さんはどこで寝るのかと聞くと、自分達の部屋の二つ隣だという。

石長さんとは部屋の前で別れ、まだ飲んでいるみんなを放っておいて体を横にした。


翌朝、祖父の声で目が覚めた。

「翔平、起きんか！」

「え？」

「もう朝だ。ちょっと台所まで手伝いに行こうと思ってな、お前も手伝ってくれ」

「いいけど、爺ちゃん、昨日かなり飲んでたのに元気だね」

「途中からお茶だったよ。神様達と同じように飲んでいたら、それこそ倒れてしまう」

それもそうだ、と思いながら着替えて顔を洗いに行き、台所へ向かうと使用人のみんなが野菜や魚を持って走り回っているところだった。

手伝うよと、ザルに沢山入った魚や野菜を祖父と運ぶと、ペコリとお辞儀をされる。

洗い場で野菜を洗い、魚を捌《さば》いていくが、俺は祖父のようにはなかなかうまく捌《さば》けない。

「翔平、魚は私がやるから、お前は野菜を切ってくれるか？」

「うん、ごめん、爺ちゃん」

「なに、慣れだよ、こういうのは」

キャベツやキュウリなどを切り、トマトを添えて簡単なサラダを作るのを手伝う。

隣にいる人に咲耶は来ていないのかと聞くと、「見かけていません」と返ってきた。

「大国主命様より下女として扱うようにと昨日命がありましたが、ずっと姫様としてお仕えしてきたのに、いきなりこのような仕事を押し付けることもできず……」

「そうだよね、それにしても、みんなの食べる分を作ってるからかなりの量でしょ？今までずっとこんな仕事を続けてきたなんてすごいよ」

「これでもかなり楽になったのです。いつ呼び出されるかわからない姫様の我儘《わがまま》がなくなったので……あっ！」

「大丈夫、言わないから」

祖父にも聞こえていたのか、隣でクスクスと笑う声が聞こえた。祖父は祖父で、楽しそうにみんなと話しながら魚を焼き始めている。

夕飯の時と同じ部屋で朝食を取り、大国さんと八意さんに自分が昨日考えていたこと——手伝い以外にも、咲耶にみんながしていることを見せたり、教えたりして意識を変えられないか試したいことを話し、やらせてほしいと頼む。

その後、咲耶は見つからないまま水配りの手伝いが終わった。石長さんは別の用事で自分の社《やしろ》に戻らなくてはいけないと、昼前に一旦帰る。大国さんも忙しく走り回っているようで、ちょっと夕食の席が寂しかった。

「咲耶さん……どこにいるんだろう」

風呂から出てから辺りを見て回ったが見つからなかったので、迦具土に、咲耶一人でここから出ることはできるのかと聞いてみる。

「結界の中だから、出たらわかる。だがそんな気配もねーし、何やってんだ？　あの馬鹿！」

「ショックなんじゃない？　姫から下女だよ？　それに、人間の姿で何も食べてないなんて、倒れちゃうよ」

「食わねーのがいけないんだ！」

「だけど、やっぱり心配だよ。もう少し探すの手伝って」

仕方ねーな！　と、口悪く言っているが、迦具土はいつもなんだかんだと手を貸してくれる。

外かもしれないと出てみたところ、池の隅っこに人影が見えた。そっと近づくと、咲耶が座り込んでいる。

「咲耶さん！」

「あ……な、何をしに来ましたの？」

「咲耶さん、ちょっとでも食べないと」

「何故、私だけこんな扱いをされるのか。冷めた食事など食べたことがなく、今まで言うことを聞いていた屋敷の者も誰も言うことを聞かず、廊下を拭けだのと雑巾《ぞうきん》を渡してくる始末。私のことをなんだと思っているのかしら！」

「咲耶さん、ここでの使用人のルールを決めたのは咲耶さんですよね？　今、咲耶さんは人間です。人は食べないと病気になったり、死んだりしてしまいます。だから、咲耶さんの決めたルールで明日、少しだけでも頑張ってみませんか？　そしてみんなで温かい食事をとりませんか？」

不思議そうな顔でこちらを見ていたが、結局、返事はない。迦具土に「戻ろう」と言うと、「あ、ああ」と頷いたので、一緒に部屋に向かう。

前とは違うイライラした感情ではなく、何故だか胸がキュッと締め付けられるような苦しさがあった。その感情がなんなのかわからないまま、迦具土に言われて涙を流していることに気づいたのは、だいぶ後のことだった。

部屋に戻ると、祖父が「大丈夫か？」と聞いてきたが、話す気になれず布団に潜《もぐ》り込む。

その行動は子供じみているとわかっているけれど、それでも泣き顔を見せたくなかったし、もっと他に咲耶への言い方があったのではないだろうかと考えて胸がいっぱいだった。結局、ほとんど眠れずにウトウトとしている間に朝になってしまった。

洗面所へ行くと使用人がいたので「おはよう」と声をかけ、その後、手伝いのため台所へ向かう。

使用人達はみんなよく似た顔をしているのであまり見分けがつかないが、一人だけ帽子の色の違う使用人は、まとめ役なのだろう。指示を出して忙しくしているのにもかかわらず、小さなタライを持ってきてくれる。

「姫様のことで色々としていただき、ありがとうございました。昨日、聞いてしまったのです……お泣きになられていたのも見ました。これは朝露を集めたものです。目の腫《は》れが引きますから、顔を洗ってみてください」

「ありがとう」

小さなタライに沢山入った朝露。

これを集めるのにどれだけ時間がかかったのだろう？　と考えつつ、少しずつ手に取り目元などを洗うと、腫《は》れていた瞼《まぶた》が元に戻り、頬もツルツルになった。朝露を触っていた手もなんだかみずみずしく感じる。

「ありがとう。朝から集めてくれたんだよね？　大変だったでしょ？」

「そんなことは……よくしていただいているのはここにいるみんながわかっておりますから」と、屋敷の者からだと花の蜜を集めて作った匂い袋を三個貰った。

後から来た迦具土に、「いいのかな？」と聞く。

「貰っておけばいい。婆さんが喜ぶ」

「うん」

「お前にはこれなんかいいんじゃないか？」

青い小袋に入ったものを示されたので匂いを嗅《か》ぐと、ほんのりと花の香りがした。

それをポケットの中に入れる。

「爺ちゃんにもよく似た匂いのをあげよう」

「なら、黄色いのがいい。この花の匂いは『りらくす』というものにもなる」

「リラックスね。もう、たまに変な風に覚えるんだから」

やはり横文字は苦手なんだと迦具土をじっと見ると、恥ずかしそうに「合ってるんだからいいだろう?」と口を尖らせた。

そんな迦具土を見ていて少し気持ちが軽くなり、袖を捲《まく》って野菜などを洗っていく。

今日も野菜を切ってサラダを作るのを手伝い、迦具土はお玉片手に味噌汁《みそしる》を作っている。家でよく見る割烹着《かっぽうぎ》姿ではないが。

「迦具土、もう料理人になったら?」

「婆さんの手伝いがあるから覚えただけで、料理人になるつもりはない!」

似合うと思うのになぁ……。

サラダ作りが終わったので他にすることはないかと周りを見ると、みんながお膳の支度《したく》を始めたため、洗い物を済ませて部屋に戻る。途中、大国さんがやってきた。

「あれ？　大国さんだ」

「来たな。この泣き虫め」

「は？」

「昨日のことは屋敷のものから聞いた。……お前を傷つけてしまったことを詫びる」

そう言って頭を下げられたので、「ちょ、怖いからやめてください！」とつい本音を言ってしまう。

「怖いってなんだ！」

「すいません」

「いや、本来ならば俺が冷静に咲耶と話していたらよかったんだ。俺はこれでも、この国を治めている……って話は、知ってるな？」

以前にも聞いたので頷く。

「新たな神の教育にばかりに気を取られ、その他の神の増長に気づかなかったのは俺のせいでもある。しかし、各社《やしろ》を治めている者に委《ゆだ》ねざるをえないのも事実。口を出せないことも多いんだ。そんな中、俺が本来言わなくてはならない、しなくてはならないことを咲耶に話し、気にしてくれたことに感謝する」

「でも、今日はまだ咲耶さんに会っていないから、どうなるかはわからないですけど……」

「翔平、お前が咲耶に言ったことは何も間違っちゃいない。だから、自信を持て」

自信を持てと言われても、自分は人間。相手は、今は人間にされてはいるが、元々は神様。本当にいいのだろうか？　と考えないこともない。

「これからどうなるんでしょう？」

「あいつ次第だろう？　それに、昨日は諦めて部屋で寝たようだ」

「よかった……だったら次は食事もしてくれるといいんだけどな……」

「お前は心配せんでもいい。それより、今日は神社の周りを見回ってくれるか？　大丈夫だと思うが、もう木々が蕾《つぼみ》をつけてもいい頃なんだ。ついてない木があれば、そこの木の精に色々聞いてきてくれ。俺がなんとかしないといけないところも出てくるだろうから」

いつまでに？　と聞くと、「昼までに頼む」と言われたので、「わかりました」と答える。

それから、運ばれてきたお膳のご飯を食べた。今日は味噌汁《みそしる》にご飯、焼き魚とお浸《ひた》しに玉子焼き。

手伝うだけでも大変だったことを思い出して、毎日朝から晩までメニューを考えて作ってくれる祖母に改めて感謝した。

食事を済ませ、まだ布団にいるかもと咲耶の様子を見に行くと、布団の上に座っていたので一緒に連れていく。迦具土とも合流し表の門から順番に見て回ったところ、ところどころに梅の花の蕾《つぼみ》がついていたので少し安心した。

その間も足元を忙しく働く精霊達。

くるっと見て回ってから元の場所に戻り、外の木も見るが、そちらは桜のようでまだ蕾《つぼみ》はついていない。

「この桜は……その、最終的に神気で咲かせてましたの」

やっと咲耶が話してくれた！

しかも怒った口調ではなく、普通に。他の花についても説明をしてほしいと、続けて一緒に見ていく。

「順調みたいだね」

「ちらほら出ていた蕾《つぼみ》は、明日には咲くだろうな」

そんなに早く？　と迦具土を見ると、説明をしてくれる。最近はすぐに察してくれるのだ。蕾《つぼみ》がつけば、後は術で開花させるだけとのことだった。

「爺ちゃん達の作業は終わったのかな？」

「ジジイが一緒だから問題ないと思うぞ？」

「俺達、明日には帰るじゃん。祭りまで見たかったな」

「大風邪で休みってことになってるんだから、もう一日くらいいいだろ。見てから帰ればいいいんじゃねーの？」

いい加減覚えてくれ。大風邪ではなく、インフルエンザ！

「婆ちゃんが一人だから心配で」と答えると、迦具土が呆れ顔で「お前……なんのために小さい箱を持ってるんだ？　それで連絡すればいいだろ？」と言われた。

箱じゃない！　スマホだ！

でも、せっかくなのでポケットからスマホを出して家に電話する。しかし出かけているのか電話に出なかった。祖父母は携帯もスマホも持っていないので自宅にしかかけられない。また後でかけたらいいかとポケットにしまう。

「戻ろうか。もうそろそろお昼だし」

「なら、台所に行くか？」

三人で台所に行くと、台の上に白い服が置いてあり、小さな紙に『よかったら使ってください』と書いてあった。

広げてみると、真っ白な割烹着《かっぽうぎ》。しかもフリルとポケット付き！

「絶対、迦具土用だよな！」

「くっそー！　ここでもこれを着るのか、俺は！」

そう言いながらも袖を通し、鍋に水を張って味噌汁《みそしる》を作る支度《したく》を始めている迦具土は割烹着《かっぽうぎ》が似合いすぎる！　つい笑ってしまい、怒られた。

「そんなに笑うな！」

すると、後ろから声がかけられる。

「ふむ。なかなか似合っておるではないか」

振り向きざまの迦具土の一言は、予想通り「見るなジジイ！」だった。

「八意さん、爺ちゃん、作業は終わったの？」

「思っていたより早くに。だから弁当と一緒に、せっかくなので味噌汁《みそしる》でも貰おうとここに来たんだが……もうできてるのか？」

「今から作るんだ。誰もいないけど、いいよね？」

爺ちゃんの質問に答えて八意さんを見ると、鷹揚《おうよう》に頷いてみせた。

「ふむ、構わん構わん。たまには儂《わし》も何かしようかのぉ」

「するな！　ジジイは座ってろ」

真剣に怒鳴る迦具土に、「なんで？　夜の分も作った方がいいじゃん。手伝ってもらおうよ」と言う。

「翔平、ジジイに包丁を握らせたら、大変なことになるぞ？」

「そうなの？　この前、咲耶さんの監督をしていたし大丈夫じゃない？」

そんな話をしている間に、祖父と八意さんの二人が里芋を剥《む》き出したが、八意さんの分は落ちていく皮が分厚く、ほとんど身が残らない。

「や、八意さん……」

「なんじゃ？」

「皮が厚すぎですけど」

「すまんすまん、昔から料理をするとこうなってしまって。ならば、米でも炊《た》いておくとするかの？」

そう言い、米櫃《こめびつ》からザルにとったお米を、何故かたわしで洗い始めようとするのを祖父と止め、お願いだから座っていてほしいとお茶を出して座ってもらう。

「だから駄目だって言っただろ？」

「ごめん」

「ほらほら、二人とも喧嘩《けんか》をするでない」

あなたのせいです。八意さん……

「お前のせいだろーが！　このクソジジイー！」

「迦具土、落ち着けって。なんでそんなに八意さんに突っかかるかなぁ？　仲よくしてよ」

「俺のことをバラバラにしようとしたジジイと仲よくできるか」

そう言いながら取り上げたお米を洗って、竈《かまど》に火をつけて上手に炊《た》いていく迦具土を見ていると、なんだかんだ文句を口にしつつも料理をするのが好きになったのではないかとさえ思える。

「翔平、漬物がどこにあるか知らんか？」

「あ、それなら奥の涼しいところに、ぬか漬けがあったよ」

何があるかな？　と呑気《のんき》にぬか床を漁って中身を持ってきた祖父に、ずっと黙っていた咲耶が「わ、私はナスとキュウリを……き、切ります」と発言した。一瞬、みんなが驚きのあまり黙ってしまったのは言うまでもない。

祖父が洗って、咲耶がゆっくりとだが切り、適当なお皿を見繕《みつくろ》って載せていく。その間に迦具土が味噌汁《みそしる》を仕上げる。

「八意さん、咲耶さんも一緒にお昼でいいですよね？」と午前中の出来事を話すと、「よいじゃろう」と返事を貰ったので、咲耶の分のご飯も並べ、みんなで食べた。

「そういえば、さっき家に電話したんだけど、婆ちゃん出なかったんだ。明日の祭りが見たいから、もう一日いたいって話そうと思ったのに」

「また夜に電話したらいい。きっと婆さんも羽を伸ばしてるんだろう」

こんなに離れていたことがないため心配なのだが、祖父はそうでもないらしい。すると、祖父が苦笑して言い出した。

「悪いなと思ってるんだよ。定年してから二十年、道場は続けていたからどこにも連れていってやれなくてなぁ」

「ふむ。ならば、春祭りの本祭りは各地で行うから、どこかに連れていってあげるというのはどうじゃろう？」

　珍しくまともな意見の八意さんに拍手を送りたい気分だ。

「それいいかも！　爺ちゃん、そうしなよ。俺、留守番ぐらいできるから！」

「そ、そうか……？」

「迦具土もいるもん。兄貴も月一くらいで帰ってくるって言ってくれたし、平気だよ」

「そうじゃの。たまには温泉地なんてよいのではないかな？」

「帰ったら話してみようかな。今更だが照れるな……」

　ちょっと赤くなってそう言っている祖父は、頭をポリポリと掻《か》きながらも、なんとなく嬉しそうだった。

　お昼からは何をすればいいのか八意さんに聞くと、石長姫が帰ってくるまでは何もできないと言われたので、食べ終わってからみんなで池のある庭に出る。

「魚いるのかな？」

　覗いてみると、鯉《こい》が何匹か泳いでおり、近くには亀もいた。

　すると、「これを」と咲耶が鯉《こい》の餌《えさ》を渡してくれる。

「ありがとう」と祖父と一緒に餌《えさ》をあげていると、「お待たせしました！」と石長さんが現れた。走ってきたのか、息を切らしている。

「私の段取りが悪くて、いくつか失敗したり……あぁ、八意様。大国主様が広間にとお呼びです」

「ならば、あとは任せたぞ？」

「はい」

よっこらしょと言いつつ広間へ向かった八意さんを見送り、自分達は何をすればいいのか石長さんに聞く。すると、札をいくつかの社《やしろ》に置いてきてほしいとのこと。

「社《やしろ》を浄化し、よい気になるようにする札です。同じ札が貼ってあるので取り替えてきてほしいのですが、社《やしろ》は人目に触れないところにもあって……これが地図です。赤丸のところに貼ってきていただけますか」

地図を覗き込んだ咲耶が、「ここは私が案内でき……ます」と小さな声で言う。

「わかった。俺は一人でいい。翔平は爺さんと咲耶と一緒に回れ。二手に分かれた方が早いだろう」

「うん。石長さんは？」

「私は、本殿の方に。咲耶には明日の祝詞《のりと》の席に、ここの神社の神としていてもらわないといけないので、その準備に行きます。その時だけ必要な神気を返し、終わったらまた大国様が取り上げると……」

そう言って少し俯《うつむ》く石長さん。

「そう……」と悲しそうな咲耶だが、ここで頑張ってくれたら状況が変わるかもしれない。

迦具土と別れて、印の場所まで咲耶に案内してもらい、手を合わせてから中の札を取り替えていく。あまりにも汚れているところは、近くの掃除道具を借りて拭き掃除をしてからまた扉を閉めるというのを繰り返した。奥から回っていったので、合流地点の真ん中に早く戻ってこられたが、迦具土の姿はまだない。

「先に来てると思ったんだけどなー?」

「手間取ってるのかな?　見てくるか?」

「行き違いになったら悪いから、もう少し待とうよ」

祖父と相談し、近くの椅子に腰かけて待つが、なかなか戻ってこないので、迦具土の持っている携帯に電話をかける。

「あー、迦具土、電源切れてる!」

祖父の方を見ると、今までいた咲耶がいない。どこに行ったんだろうと周りを見ていたら、トントンと肩を叩かれ、『あのー、翔平殿ですか?』と誰かに声をかけられた。

きょろきょろする俺の肩を、祖父がそこだと言わんばかりに指さしている。

肩を見ると何かが乗っていたので、手のひらに移ってもらい、どうしたのかと聞く。

すると、『迦具土様が奥の森でお待ちです』と言われた。

「えっと、君は?」

『梅の花の精です。とにかく連れてきてほしいと言われ、ここに』

「わかった。案内してくれるかな?」

こちらです、と言って指さされた方へ祖父と急ぐと、川の側に迦具土と石長さん、そして咲耶の姿があった。

「爺ちゃん、これって……」

腰に手を当てて、座り込んでいる咲耶を見下ろす迦具土。額《ひたい》に手を置いて困っている様子の石長さん。悪い予感しかしない……

「はぁ……うまくいってたと思ってたのに」

そう呟きながら、梅の精にお礼を言って迦具土に声をかける。

「すまんな、ここでちょうど見つけて石長を呼んだのはいいんだが、この馬鹿が動こうとしねーんだ。力ずくでもいいが、体力をこれ以上削ると、明日の祝詞《のりと》の間、もたないと思ってな」

「咲耶さん、今日は頑張ってたのに、どうしたんですか？」

そう聞くものの、下を向いて何も話してくれない。また振り出しに戻ってしまったのだろうか？

「爺さん、頼みがある」

「私にできることならば」

少し離れたところで祖父と迦具土が話していて、戻ってきたと思ったら、咲耶が振り向く間もなく、祖父が首に手刀を食らわせて気絶させた。迦具土がその咲耶を担いで先に帰ると言って消える。

「石長さん、どうなってるの？」

「ここに来て、少しの神気を与えられ、祝詞《のりと》が終わり次第、取り上げられるのは酷《ひど》いと言い出して……今日、咲耶が頑張っていたのは精霊達から聞いて知ってはいた。慣れぬことをして疲れただけならばよいのじゃが、思うところがあったのかも。けれど、大国様のお決めになったこと。滅されないだけでもありがたいと思ってほしいと諭《さと》していたのじゃが、それでも明日は出ぬと。流石《さすが》に、みんなの頑張りが無駄になり、春の訪れを知らせることができないのはまずい。それで祖父殿ならばうまく加減して眠らせてくれるのではないかと、迦具土様と話していたのじゃが……」

「それで爺ちゃんなのか」と納得してしまう。

「しばらくは起きないと思うぞ？　それに、一度食事をしたとはいえ、かなり弱っているから、もっと消化の良い食べ物からとらせないと命にも関わる」

「そんなに酷《ひど》いの？」

祖父の言葉に驚いていたら、石長さんが悲しそうに呟く。

「何故あの子はこんなにも頑固《がんこ》なのだろう？　やはり私が意地になっていたせいなのかもしれないと思うと、心が苦しい」

「違うよ。石長さんは自分の社《やしろ》のこともきちんとしてたし、山の会合っていうの？　それにもちゃんと出てたじゃん。してなかったのは咲耶さん。だから気にすることないよ」

「翔平、これが純平ならば同じことが言えるか？」

あ……

祖父に言われてはっとする。兄貴がもし咲耶の立場なら、俺はどうするだろう？

そんなこと考えたことがなかった。

「俺、石長さんの気持ちも考えずに勝手なことばかり言っちゃってごめんなさい。石長さん、なんとかできないかな？」

「わ、私が？」

「うん、これは咲耶さんを子供の頃から知ってる姉の石長さんにしかできないと思うんだ」

「できる限りやってみよう。さ、私達も屋敷の方へ」

そう言って術で連れていってもらったのはいいが、やはりゾワッとする感じは慣れない……なのに、祖父は平気な顔をしているのが不思議だ。

広間の座布団を並べた上に横になっている咲耶が起きる前に、卵のお粥《かゆ》を持ってきてもらう。八意さんに起こされた咲耶は、キョロキョロと辺りを見回した後、眉間に皺《しわ》を寄せた。

粥を器によそって、スプーンで咲耶の口元まで持っていく石長さん。

だが、咲耶はプイッと横を向いて食べようとしない。こうなったら……

「迦具土、咲耶さんを押さえて。八意さん、口を開させけてください！」

無理やり押さえ込まれた咲耶は悲鳴を上げるが、開けられた口に冷ましたお粥《かゆ》を入れる。次の瞬間、八意さんは咲耶が呑み込むまで口を開かないようにさせ、ゴクッと呑み込むとまた同じことを繰り返す。むちゃくちゃな食べさせ方だ。

思ったよりも早く卵粥《たまごがゆ》はなくなり、お茶を咲耶に渡した石長さんが、受け取ってもらえたことにほっとしていたのも束の間。

バチャッ――

「熱っ」

持たせたお茶は石長さんの顔へ。

「大丈夫？」

「冷やしたタオルと水を貰ってくる」と祖父が取りに行き、八意さんが目は大丈夫かと石長さんの様子を見ている。

「平気です。すぐに目を閉じたので」

「なら、顔を冷やさねば。祖父殿が持ってきてくれるからほんの少しの我慢じゃ」

祖父が持ってきた桶《おけ》には氷も入っていた。固く絞ったタオルを顔に当ててもらう。別のタオルで畳を拭き、湯のみをお盆に置いていると、いつから見ていたのか、大人の姿になった大国さんが仁王立《におうだ》ちしていた。かなり怒っているのがわかる。

「迦具土、咲耶を縛れ！」

いつもの大国さんとは違い、声も低く冷たく言い放つ。

「あ、はい」

迦具土が術で咲耶を縛り、動けないようにしたところで、大国さんの雷が落ちる。

「木花咲耶姫！　お前は自分の姉に何をした！　確かに今日お前は翔平を手伝い、正当な報酬として温かい食事もとれた。だがな、たった一日。お前の境遇をなんとかしようとした翔平の努力も無駄にした。それに神気のことを決めたのは俺だ。それを伝えたのは石長で、お前に強制的に飯を食わせたのは翔平だが、それはみんなが心配したからこそ。そんなこともわからんのか！」

咲耶は、庭の木々について把握していて、聞けば答えてもくれた。このままいけばなんとかなるかもしれないと思った俺が間違っていたのか？

呆然としていたら、キッと顔を上げた咲耶が叫ぶ。

「大国主様！　この祭りと本祭りはいかがなさるのですか？　私がいなければ……」

「いなくとも構わぬ！」

「でもでも、それならば代理がいるはず。すぐに見つかるわけもございません。大国主様、お願いです。私に神気を返してくださいませ」

そう言っている咲耶の目は血走っており、長い髪も振り乱し、かなりボサボサだ。

咲耶は八意さんに無理やり立たされ腕を引かれながら、「嫌だ！　嫌だ！　姉様！」と石長さんを呼び、涙を流してしがみつこうとする。だが、石長さんも腹を括《くく》ったのか、「咲耶……」と、一言声をかけ後ろを向いてしまう。

「そんな、酷《ひど》い！　私はちゃんと手伝ったわ。そうしたら大国主様も神気を返してくださるかもしれないと思って。でもまた取り上げられるとなったら我慢などできようはずもない。それの何がいけないの？　今までだっておつとめは果たしていたわ」

まだそんなことを言うのかと呆れてしまうけれど、きっとあれが咲耶さんにとっての精一杯だったのかもしれない。

その後、大国さんに言われて迦具土が咲耶をどこかへ連れていき、広間はシーンと静まり返った。明日の祭りはどうするのだろう？

「あー、祭りの祝詞《のりと》は石長がやれ」

「ですが……」

「神気は渡す。後で返してもらうがな。ここで春の訪れを知らせたら次はお前の神社だろう？　こちらの神気を持たせたままにはできん」

「私にできるでしょうか？」と心配している石長さんに、「何、最悪、座って寝ていても構わん」と呑気《のんき》に言う八意さん。

大国さんと八意さんのコンビ、ある意味最強！

「本祭りが今より一月半後。それまでに俺がなんとかする。今回は頼まれてくれ」

「はい……では、今より準備をしてまいります」

大国さんに頭を下げられ、石長さんが頷いた。出ていこうとする石長さんになるべく顔を冷やすようにしてねと声をかけると、寂しそうに「わかった」と答え、奥へ向かう。

「大国さん、俺達、明日の祭りも見て帰りたいんだけど」

「わかった。俺も昼にここへ来ることになってるんだ。その後、送るとしよう。明日は確か、神社の関係者が出店するとか言ってたから、焼きそばとたこ焼き、綿菓子くらいか……」

やっぱり食べ物に弱いな、大国さん！　明日の目的は屋台だな、この食いしん坊め！

その後、祖母に電話すると、今度は出た。やはり歌舞伎《かぶき》を見に行っていたらしい。

『お友達と行ったのよ。だから、話に花が咲いちゃってねぇ。心配させちゃったかしら？』

「そんなことないよ。明日なんだけど、夕方には帰るから」

そう言って電話を切り、祖父に「やっぱり婆ちゃん、歌舞伎《かぶき》を見に行ってたんだって」と話すと、「そうか。楽しんでいたならいい」と頷いていた。

夫婦ならではの、話さなくてもわかり合えるものがあるのだろうか？

祖父も笑顔だったので安心した。

翌朝はみんな朝から大忙しの一方、自分達はもうすることがなくなった。なので、布団を片付けてから人に見えるようにしてもらい、改めて俺と祖父、迦具土で神社を見て回る。

「そういえば、爺ちゃんにも精霊達が見えてたってことは、爺ちゃんもまた少し神気を分けてもらったの？」

「そうみたいだ。元々変なものは幼少の頃から見えていたが、今回いただいたもので、ほら、そこにいる妖精なども見えるようになった」と祖父は笑っている。

「俺にも見えるし、話せるようになったけど、それと同じかな？」

「お前の気の方が強いだろうがな。何、手伝えるだけ手伝うさ。確か婆さんにも分けたと言っていたな。神気に当てられないようにとのことだったが、婆さんは好奇心旺盛だから、喜んだと思うぞ？」

何をしてくれてるんですか、大国さん。

感謝すればいいのか、呆れればいいのかわからない……

「うちの家どうなっちゃうんだろう？」

「そう気にすることでもない。それより、境内《けいだい》が清々《すがすが》しく感じると思わんか？」

「うん、上が光ってるみたい。迦具土には見えるんだよね？」

「お前達に見えてないものまでな……ジジイがこっちに向かって手ぇ振ってやがる！」

「八意さんもこっちに来ればいいのに」

迦具土の指さす方を見ると、手を振っているのが見える。

「多分、石長の補佐だろう。あれでも知恵の神だ。働かせておけ」

いい匂いがする屋台を見ながら境内《けいだい》を一周回り、外のお土産《みやげ》屋さんで、祖母に和菓子を買う。兄には今度帰ってきた時に渡せるように日持ちのする洋菓子を買った。だんだんと増えてきた街の人や観光客で溢れないうちにと本殿まで行く。

「おお！　石長さんが見える。すごく綺麗な着物を着てるよ？」

俺が感嘆の声を上げると、迦具土が頷いた。

「一般人には見えないがな。まぁ見てろ」

石長さんは宮司《ぐうじ》の祝詞《のりと》の終盤に、スッと立ち上がったと思ったら、祝詞《のりと》に合わせるようにゆるりと扇《おうぎ》を開いて優雅に舞う。その時にお琴の音がした気がしたが、きっと気のせいだろう。ふいにふわっと花の香りがして、その後はもう石長さんの姿は見えなかった。

「綺麗だったね」

「そうだな。とてもよいものが見られた」

祖父と満足して話していると、迦具土が口を挟んだ。

「石長の社《やしろ》ではあのような舞はしない。よくできたものだ」

言い方は相変わらずだが褒めているのだろう。

「迦具土、少しはまともに褒めるってことを覚えようよ」

「褒めてるじゃねーか！」

ぶっきらぼうな迦具土を放っておいて、屋台へと行くと、「お兄ちゃーん」と呼びかけられた。振り向いたところ、またもや幼稚園児ほどの姿の大国さん。

まるで迷子のように寄ってくる大国さんに、嫌がらせだな！　と思ってしまう。でも周りの人達が、迷子の子がお兄ちゃんと再会できてよかった！　と言わんばかりの目で見てくるので、仕方なく抱き上げ、「なんでまた小さくなってるんですか！」と、小声で文句を言う。

「この方が色々とおまけしてもらえるんだ。お前も幼児の姿にしてやろうか？」

「嫌です！」

そういうやり取りをしながら長椅子に腰かけ、焼きそばなどを買い込んでくる。それはいいが、何故か大国さんは祖父の膝の上だ。もう曾孫《ひまご》にしか見えない。

それに優しい目を向けて通り過ぎる人達。きっと、仲のいい孫達とお爺ちゃんの図と周りには見えていることだろう。

「その姿でまた学校に来ないでくださいね？」

「そうだな。今度は小学生くらいならいいだろう？」

「それも微妙なんですけど」

「次を楽しみにしておけ！」

そんな楽しみ、いらねーよ！

そうこうして食べ終えた頃、迦具土が言い出す。

「そろそろ帰るか」

「石長さんに挨拶《あいさつ》していきたいけど、忙しそうだもんね」

「まぁ、またそのうち会えるだろう。ここでいきなり姿を消すわけにもいかんから、裏に行くぞ」

大国さんに促《うなが》されて、荷物を持って本殿の裏に回る。

また、エレベーターに乗ったような不思議な感覚がし、着いた先は道場の裏庭。

そこから裏の勝手口に行き、祖母に帰ったことを伝えて荷物を渡し、玄関で靴を脱いで中に入る。

「翔平、この荷物はみんな洗濯でいいの？　迦具土君も出しちゃってね。明日まとめて洗うから」

「迦具土って洗濯したことはあったっけ？」

「ある。ただ泡がいっぱい出て怒られてから、してない」

どれだけ洗剤を入れたんだ、お前は……

微妙な顔をしていたら、大国さんが口を挟む。

「迦具土、お前は料理以外の家事を覚えてないのか？」

「大国主様に言われたくないです。できないでしょ？」

「残念だったな。料理も洗濯もできる。ニットは手洗いして陰干しが基本だ！」

そう胸を張り、何故か寛《くつろ》ぎ始めた大国さんに、しばらく神様の用事は休みにしてほしいと頼む。

「なんでだ？　今までだってできていただろう？」

「二月の初めにテストがあるんです。それに、どこの大学を目指すのか三者面談までに決めないといけなくて」

「よし、どこにでも入れるようにしてやろう」

「それ、道真さんにも言われたんですけど、自力で頑張るので……」

その後は近くの大学に行けなどと散々言われた。近くには国立の大学と、私立の大学の二つがある。

私立だとお金がかかるし、かといって国立なんて無理！　俺にそんな頭はない……だから遠くの大学を受けたいし、遠くの大学に通うことになれば、この変な神様の使いがやめられるんじゃないかという淡い期待を持っている。だが、すぐに大国さんが「近くの国立に落ちても、二次で受からせてやる」と言うので、逃げることはまだまだできないようだ。

ひと時の休息

祭りから帰った後、大国さんと祖父が将棋を始めたので、迦具土と祖母と近くの商店街まで買い物へ行く。祖母に何が食べたいかと聞かれ、このところ和食が多かったから揚げ物が食べたいと言うと、祖母が夜はトンカツにすると言い出した。迦具土はパン粉がもうないなどと主婦のように呟く。

「すっかり、家事手伝いが板についたな」

「手伝ってたら自然と覚えるんだよ！　だけど、ぜってー揚げ物はしねぇ」

「まだ火が怖い？」

「そうでもなくなったが、あの油に食材を入れる瞬間と、パチパチと油が跳ねるのがなんとなく嫌だ！」

それでも、火を怖がっていた頃と比べるとかなり進歩している。

「慣れですよ？　じゃあ今日は迦具土君に揚げてもらおうかしらねぇ」

ほほほ、と前を歩きつつ宣言した祖母に、ぼそっと「婆さん、鬼だな！」などと言った迦具土は、さらに荷物を持たされた。

「大国さんも食べていくんでしょ？　味噌とソース、どっちにすると思う？」

俺の問いに、迦具土がこちらを見て言う。

「翔平は醤油《しょうゆ》をかけてたよな？　真似すると思うぞ？」

「俺は三種類につけて食べてんの！　贅沢《ぜいたく》食いってやつだよ」

「翔平は二枚食べるからねぇ。ちゃんと八枚買ったから安心して食べたらいいのよ？　誰も取らないから」

婆ちゃん違う！　俺より大国さんの方が食べるから！

「大国様にも、三種類のソースを出しましょうか。あ、おろしポン酢を入れたら四種類ねぇ。小皿足りるかしら？」

家に着いて下拵《したごしら》えをしてから、迦具土が恐る恐る油の中にトンカツを入れていくのを見て笑う。揚げ終わって油を切ったところで、お皿にサラダを盛り付けて、カツを切って載せる。

「爺ちゃん達、ご飯だよ」

呼びかけたところ、大国さんが歓声を上げた。

「待ってましたー！」

大国さん、ここはあなたのお家ではありません！

「おお？　なんだこの小皿は」

「トンカツにつけるための醤油《しょうゆ》とポン酢です。普通はソースとか味噌なんですけど、俺が醤油《しょうゆ》で食べるのが好きで。あと、おろしポン酢で食べても美味《おい》しいので用意しました」

「醤油《しょうゆ》？　それは聞いたことがないな」

いただきまーすとちゃんと手を合わせて、熱々のカツをまずは味噌で。

その後、ソース、醤油《しょうゆ》、おろしポン酢と一口ずつ味を変えた。

大国さんも勢いよく食べ、ご飯お代わり！　と祖母に茶碗を渡している。

「醤油《しょうゆ》も、ポン酢も美味《うま》い。味噌汁《みそしる》があるから、味噌カツじゃなくてもいいな」

そう言いながら、食べる食べる。

食費は沢山貰っているようだが、そのうちここに住むんじゃないだろうかと心配になってくる。

そんなことを思っていたら、大国さんがしれっと言い出した。

「次の神なんだがな……」

「待ってくださいって。無理！　本当に今は無理です」

「いつまでだ？」

「二週間後かな？」

「そんなに待てるか！」

「なんとかしてくださいよ」

「そうさなぁ。八意と少し話してみるが、あまり期待はするなよ？」

たまには期待させてくれ！

すると、祖母が思い出したように口を開いた。

「そういえば、純平が帰ってくるわよ？　昨日の夜に電話があったの」

「いつ来るの？」

「明後日《あさって》ですって。仕事でこっちに来るそうよ。三者面談の日まで泊まれるって言ってたから、翔平、お布団を準備してあげてちょうだいね」

「ということで、大国さん！　テストが終わるまではぜーったいに誰も連れてこないでくださいね？」

「わかったわかった！」

よし、その間に遊び尽くしてやる！


そんな野望もあったものの、インフルエンザと嘘をついて休んでいた期間のプリントがポストにどっさり入っていたので、まずはほぼ二日かけてそれを済ませた。勉強を終えて一階に下りていくと、石長さんが来ている。

「こんにちは。どうしたんですか？」

「そそそそ、その、祖母殿が一緒にご飯をと誘ってくださって……」

「あ、今日は兄貴が帰ってくるもんね」

「ちちち、違います。それはさっき聞いて……やはり家族団欒《だんらん》を邪魔しては悪いかなと」

「そんなことないよ。ゆっくりしていってね」

そのまま石長さんのお祭りについて、着物も綺麗だったが踊っている姿もすごく綺麗で、なんとなく梅の花の香りがしたと話すと、嬉しそうに笑ってくれた。

そこへ迦具土がドカドカと入ってきて、術のことについて早口でまくし立ててくる。

「お前の兄貴は前、術が効きにくかっただろ？　今回もどれだけ効いているか、わからん。やばいと思ったらかけるぞ？」

「う、うん。そこはわかんないから任せる」

「それと、また石長を送っていったりしねーだろーなー！　お前の兄貴！」

そうこう言っている間に、「ただいま」と玄関の開く音が聞こえた。迦具土と二人で急いで玄関に向かうと、石長さんが素早く「おかえりなさい」と、兄を出迎えていた。

夫婦かよ！

「石長さん、久しぶりだね。はい、これみんなで食べようと思って。お土産《みやげ》」

「あ、あ、あの、私、渡してきます！」

あっ、婆ちゃんのところへ逃げた！

そんな石長さんの姿を見送り、俺も兄に向き直る。

「えーと、おかえり」

「おう、お前にはこれだ」

渡されたものは包装されていて中が見えない。

「何これ！　重っ！」

「後で開けてみろ。喜ぶと思うぞ？」

両手で持ってもかなり重い包みの中身がとても気になるが、お腹が空《す》いたので早く手を洗ってきてくれと兄に伝え、迦具土と先に炬燵《こたつ》の部屋へ行く。

特に変わった様子のなかった兄にホッとしつつ、迦具土に声をかけた。

「術、大丈夫みたいだね」

「なんで俺の名前だけ呼ばねーんだよっ」

「忘れてるわけじゃないと思うけど」

そこで、ご飯ですよと祖母に言われ、迦具土が手伝いに行ったがすぐに戻ってくる。

「石長に場所取られた」となんだか残念そうにしていた迦具土だが、ビール持ってきてくれと、代わりに祖父と兄にこき使われ始めた。

「文句の言えねー自分が嫌だ！」

そう言いつつも、ビールとグラスを二人の前に置き、お茶碗などを用意し、「今夜は鍋だぞ」と、こそっと教えてくれる。

「お、お鍋、置きます」

石長さんがガスコンロの上に鍋を置いて火をつけようとすると、「俺がやるからいいよ」と兄が言う。すると、野菜を持ってきますと逃げる石長さん。

見ているこっちが照れる。まるで新婚夫婦のようじゃないか！

「なぁ、兄貴と石長さんは友達になったんだよな？」

「ん？　そうだけど。あ、携帯の番号聞いておこうかな」

「持ってるのかな？」

「持ってるだろう？　爺ちゃんと婆ちゃんが持ってないのがおかしいんだって」

「ほぼ家にいてくれるから困ったことはないけど、どっちかは持っててくれた方がいいよね？」

その後、明日にでも契約してこいと兄に言われたので、祖父に了承をもらい、準備ができた鍋をみんなでつつく。

兄の近況を聞きながら食事をするが、その間も石長さんはせっせと追加の野菜を入れたり、祖父や兄にビールを注いだりと忙しくしている。

「いいお嫁さんになれるわねぇ」

ば、婆ちゃん、なんてこと言うんだ！

「婆ちゃん、そんなこと言ったら石長さんに失礼だろう？」

まともなこと言えたのか、兄貴！

顔を真っ赤にして下を向く石長さんに、何を思ったのか祖父が「まぁまぁ」とビールを勧める。石長さんはグラスをちょっと口につけ、その後クイッと一気に飲み干してしまった。

「お、石長さんも飲めるんだね。はい」

そう言って兄がビールを注ぐと、石長さんはまたも顔を赤くして「あ、ありがとう」と椎茸やつみれなどをつまみにビールを飲む。

大丈夫なんだろうか？　今まで石長さんが飲んだ姿は見たことがなかったので心配してしまう。

「翔平、酒を持ってきてくれ」

「爺ちゃん、程々にだよ？」

「わかってる。石長さんはきっと日本酒の方がお好きでしょう？」

さりげなく日本酒を勧める祖父だが、自分が飲みたいだけじゃあ……

疑いながら一升瓶と徳利《とっくり》、お猪口《ちょこ》を持っていく。すると、祖父がニコニコしながら、ストーブの上に置いてあるお湯を張った鍋に徳利《とっくり》を入れ、熱燗《あつかん》にする。

「石長さん、無理しなくていいから」

「日本酒の方が飲み慣れているから。でも、飲むのは久しぶりで……」

もじもじする石長さんに兄が「今日は泊まっていけば？」と一言。

兄貴……なんてこと言うんだ！

だけど石長さんは「大丈夫です。迎えに来てもらうので」と、ちらりと迦具土を見た。自分が潰れてしまったら術か何かで帰してもらうつもりだろう。迦具土には酒禁止と視線を送っておく。

改めて食べている途中、兄に学校のことを聞かれたので話していると、時折、父親のようなことを言ってくる。だから、「親父みたい」と呟いたところで、「ブッ！」と何かを噴き出す音。

噴き出したのは石長さんだ。あなたはなんの想像をしていたんですか？

楽しく食べ終えてお鍋を下げた後、まだまだ飲んでいる祖父と兄、石長さんの三人に簡単なつまみを出す。

鍋を洗いながら、「石長さんがうちへ嫁に来たりして」と言うと、迦具土が皿を割り、祖母は「人と神様は結婚できるのかしらねぇ?」といつものように笑った。

片付けを終えてすぐに、迦具土がかなり出来上がった石長さんを外に連れ出して術で帰す。祖父と兄は炬燵《こたつ》で寝ていたので、布団までなんとか連れていき、自分も机の上を片付けてからお風呂に入って部屋に戻り、貰った包みを開ける。

中身は参考書と、大学入試問題集。い、いらない……。しかも辞書より分厚い。メモも入っていて、そこには俺の行けそうな学校の名前が挙げられていた。

「調べてくれたんだ」

参考書や問題集の至るところに付箋《ふせん》が貼ってある。兄に心の中でありがとうとお礼を言い、大切に本棚にしまってから布団に入った。

翌朝、早めに起きて一階に下りていくと、兄も祖父も炬燵《こたつ》に入ってテレビを見ていた。二日酔いにならないのか? と思いながらも麦茶を持って自分も入る。

朝ご飯を済ませ、久しぶりに兄の車で、みんなで神社へと行くことになった。

神社に着いて車を降りた後、兄が歩きつつしみじみ言う。

「相変わらず駐車場から本殿まで遠いな」

「うん。でも、もう慣れたよ」

一時期はほぼ毎日来ていたので、すっかり慣れた。なんて兄には言えないけれど。

「さてと、爺ちゃん達を待つか！」

末社《まっしゃ》も一つずつ参っている祖父母より先に本殿に到着したのはいいが、何故か迦具土が本殿横の社務所を見て固まっている。

「おい、アレ……」

「何？」

「よく見てみろ」

「中まで見えないよ？　見てきてもいい？」

「やめておけ。絶対に近づいたら駄目だ」

妙なことを言うなと思いながらも、兄が社務所に行くか？　と歩き始めたので、その後を着いていく。

迦具土も早く！　と声をかけたところ渋々着いてくるが、かなり足取りが重そうだ。

何か変なものでもいるのか？

「翔平、学業のお守り買ってやるよ、何色がいい？」

「早くない？」

「早いにこしたことはないんだよ」

「じゃあ、紫の」

兄が受付の巫女《みこ》さんにお守りを出してもらっている時に、「ブッ」と後ろから噴き出す音が聞こえた。迦具土がさっき言っていたことも併せて、余計に気になってしまう。

背後の迦具土は笑いをこらえているのか、口に片手を当て巫女《みこ》さんを指さし、涙目になりながら肩を震わせている。お会計中の兄の背中から巫女《みこ》さんの顔をチラッと覗くと、その意味がよくわかった。

大国さん！　今度は巫女《みこ》さんのコスプレですか⁉

かといって女装という感じではなく、かなり可愛い顔をした巫女《みこ》さんになっていた。

「ブフッ」

「ん？　どうした、翔平」

「ちょ、ちょっとトイレ……」

迦具土も引っ張っていき、「なんであんな格好して……あはははは っ！」とお腹を押さえる。言葉が続かないでいると、「俺達の気に気づいて、いたずらしてやろうと思ったんだろうな……ブッ！」と迦具土も大笑い。

「もう戻らないと爺ちゃん達が来ちゃうよ」

「あの大国様を見たら腰抜かすからな、早く教えておかないと」

急いで戻ると、社務所では兄と巫女《みこ》さんに扮《ふん》した大国さんが楽しくお喋りをしていた。その後ろにいた祖父母はビックリして固まっている。

「爺ちゃん、大丈夫？」

「お？　あ、ああ。でもまたどうして巫女《みこ》さんなのだろう？」

「迦具土はいたずらだろうって言ってたよ。声まで女の子そのものだよね……兄貴、デレデレしてるけど、喋ってる相手は男だって教えたらどうなるんだろ」

そう呟くと、迦具土が呆れ顔で言った。

「教えられるわけないだろ？　それに大国様がチラチラとこっち見て笑ってるし、絶対に何かしてくるぞ？」

「もう、勘弁してよー！」

早くお参りしようと兄を引っ張っていき、無事にお参りが済んで帰ろうとしたところ、「お忘れ物でーす」と可愛い声が響いてくる。

「あ、お守り」

「兄貴、忘れんなよっ！」

兄がすいませんと言って受け取るのを眺めながら、早く立ち去りたいと思っていると、前からなんと重春と和敏が近づいてきた。二人とも、巫女《みこ》さん姿の大国さんを見て鼻の下を伸ばしている。

「し、重春。和敏。お前達もお参り？」

「そう、いきなり行こうって重春が誘ってきたから」

絶対に大国さんの仕業だ！

こちらの心配もなんのその。大国さんが笑顔でこちらを見てくるので、早く退散しようと視線を迦具土に向ける。迦具土が頷いたのを確かめ、兄と祖父母を連れて「またな」と言って逃げた。

迦具土が巫女《みこ》姿の大国さんを足止めしてくれるとのことだったので、階段を下りて迦具土が来るのを待つ。しばらくすると、疲れた顔で戻ってきた。

「迦具土！」

「翔平に直接話しかけられず悔しがってたが、なんとか……園児の次は巫女《みこ》さん。次はどんな姿で来るつもりだろうな？」

「いつも忙しいって言ってるくせに、すっごく暇そうに見えるよ」

兄と祖父母はスーパーに寄って帰ると言うので、先に家に帰してくれと頼む。

「珍しいな。ついてこないなんて」

「兄貴がいたら十分じゃん。車だし。帰ってきた時に荷物を運ぶのは手伝うよ」

先に車で送ってもらって家に入ると、どっと疲れが出てくる。ついため息を吐きつつ迦具土と言い合った。

「いつも大国さん、俺達の話をどこで聞いてるんだろう。兄貴が来てるから見に来たのかな？」

「好奇心の塊《かたまり》だからな。お前達家族は大国様の気で繋《つな》がってるから、余計に感じ取りやすいんだとは思うが、遊ぶのも程々にしてもらいたいものだ」

週明けから始まったテストと三者面談が無事に終わった。兄も仕事があるからと三者面談後に学校からそのまま帰っている。

あれから大国さんからは何も言われていないが、なんの音沙汰《おとさた》もないとそれはそれで気になって仕方がない。

「ただいまー」

帰宅して家の中に声をかけると、すぐに返事があった。

「おかえりなさーい。おにいちゃん!」

玄関でカバンを落とし、あんぐりと口を開けた俺が見たものは、幼稚園児の女の子姿の大国さん。髪型は可愛いツインテールだ。

「な、なんの遊びですか?」

すると、大国さんはポンと音を立てて見慣れた小学生低学年ほどの男の子の姿に変わった。「つまらんやつだなー」と文句まで言われてしまう。

それを無視して、着替えてきますと洗面所へ向かい、手洗いとうがいをしてから部屋で着替えて一階に戻る。

大国さんが来たということは、やっぱり次の神様の話なのかなぁ?

そう考えながら祖父母にもただいまと言うと、祖母が大きなゆでダコをぶつ切りにしているところだった。

「もしかして、たこ焼き?」

「やった！　あ、だから大国さんが来てたでしょう?」

「神棚でね、今日のおやつはたこ焼きですよって言ったら、ちょっと前にお見えになったの」

「だったら、お好み焼きの時みたいに醤油《しょうゆ》マヨが気に入るかも！　俺、たこ焼き器を出してくる！」

食器棚の下からたこ焼き器を出して炬燵《こたつ》の部屋へ持っていくと、大国さんが興味《きょうみ》津々《しんしん》に覗き込んだ。

「おお！　これで丸くなるのか?　屋台で見るものとはまた違うな」

「これは家庭用だけど大きいので、一度に三十六個焼けます」

「それは俺でもできるか?」

「はい。コツさえ掴めばクルクルッと回せるようになるし、楽しいですよ。具も、タコだけじゃなくてウインナーとかチーズとかを入れても美味《おい》しいかな。お好み焼きの丸いバージョンです」

「またあの贅沢《ぜいたく》な味が食べたいが……」

焼き上がったたこ焼きに醤油《しょうゆ》マヨをかけて、鰹節《かつおぶし》と青のりをかけるのは、確かに贅沢《ぜいたく》な味だ。なんなら軽く塩を振って、刻み葱《ねぎ》だけでも美味《おい》しいけど。

「ところで、なんで今日は女の子だったんですか？」

「お前が昔、妹を欲しがっていたと聞いてな」

爺ちゃん、婆ちゃん。そんな暴露しなくていいから……

「それ、小さい頃の話ですよ？」

「なんだつまらん。この前の巫女《みこ》はあまり評判がよくなかったからな。小さい女の子がおにいちゃんと言って駆け寄れば、お前のその『ポカヘス』とやらも崩れると思ったんだが」

それって、ポーカーフェイスのことでしょうか？

毎回毎回どこでそんな言葉を、微妙に間違って覚えてくるのか……

「大国さん、『ポカヘス』ではなくて、ポーカーフェイスです」

「うーん、やっぱり人に紛れているとうまく聞き取れんのだな。社《やしろ》の上から聞くとわかるんだが」

「神様ってそんなに耳がいいの？」と、迦具土を見ると、「俺に聞くな」と言われてしまった。

「とにかくですね、巫女《みこ》さんの格好とか、幼稚園児の格好とかで学校に来ないでくださいよ？」

「え⁉　駄目なのか？　その前準備のためにお前の友達を神社に呼んだのに」

やっぱり！　そんなことだろうと思ったよ！

祖父母がタコやウインナーなどを切ったものを持ってきたので、お皿に醤油《しょうゆ》とマヨネーズを入れてよく混ぜ、醤油《しょうゆ》専用にしているハケを置く。

「爺ちゃん、半分手伝ってよ」

そう頼んでたこ焼き器に油を引き、タネを流し入れて具を置いて待つこと数分。

クルックルッと回す祖父と俺を見て、大国さんは「おおおぉぉ！」と目を輝かせている。

できたものの半分に醤油《しょうゆ》マヨを塗り、鰹節《かつおぶし》と刻み葱《ねぎ》を載せて大国さんの前に。

残り半分は違うお皿に載せて普通のソース味で。

次に焼き上がったたこ焼きに出汁醤油《だしじょうゆ》を塗り、その上にとろけるチーズと青のりを散らして渡す。

「どうぞ。翔平スペシャルです」

一口食べた大国さんは、「ずるい味がする！」と、前と同じようにニコニコしていた。自分も焼きたいと言うので任せることにする。ただ、渡されたピックを見て首を傾げてしまう。

「ちょっと待て。回すと言ってもこの先の尖ったものでどうやって回す？　見ていたが、一回では丸くならんのだろう？」

「爺ちゃんを見てください！　で、真似してください」

「お？　おう、任せろ。大国スペシャルを作ってやるからな」

なんですか？　その大国スペシャルって！

「迦具土もしたことないだろ？　やってみる？」

横を向いてそう尋ねるも、迦具土は首を横に振った。

「後でな。先に食わんとなくなるし、食べ損ねたくない！」

大国さんはかなりの量を食べるので、さっさと食べないと確かになくなる。

「おりゃ！　丸くならんか！　あ……タコが逃げた！」

そんなことを言いながらたこ焼きを焼いていく大国さんはちょっと可愛い。

まあ、体が子供だからだが。大人の姿でやられても可愛いとは思えないだろう。

「あと、コレを入れてだな……フフフ」

不敵な笑みを浮かべつつなんとか焼けたたこ焼きは、意外にも綺麗な丸い形だ。

「出汁醤油《だしじょうゆ》に、マヨネーズと葱《ねぎ》に鰹節《かつおぶし》！　翔平、食ってみろ！　大国スペシャルだ」

「あ、ありがとうございます」

結局、大国スペシャルって何を入れたんだ？

じっとたこ焼きを見ていたら、「俺のたこ焼きが食えんのかー！」と怒られたので、半分に割って食べる。すると、ウインナーとチーズが口の中をいっぱいにした。

「なんですかこれ！　具を入れすぎですって」

「美味《うま》いだろう？　小さいのを選んで詰め込んだんだ。二つ分あるぞ」

だろうな！　タネと比べて具が多すぎる……

調子に乗った大国さんは、祖父母と迦具土にも同じものを作り、「たこ焼きを焼く天才かもしれない」と自画自賛していた。誰か普通のたこ焼きを焼いてくれ。

「で、だ！　そろそろいいか？」

「何がですか？」

ようやく普通のたこ焼きを焼きながら返事をしたら、「明日、神社に来い。春休みだろう？」とアホなことを言われる。

「いやいや、春休みはまだひと月以上は先ですから」

「何⁉」

「カレンダー見てくださいよ。まだ二月が始まったばかりですよ？」

「と、とにかく来いよ？　紙袋も持ってこい」

あまり必死に言われると、行きたくなくなるのが本音。絶対によくないことを考えているか、面倒な神様が待っているに違いない。

「紙袋は大きめのを二つ。それとお茶もあった方がいいな」

「夜ですよね？」

「そうだ。いつもの時間に待ってるから、絶対に来いよ？」

「わかりました」

そうしてたらふく食べて満足した大国さんが帰って、後片付けをしている時、気になって迦具土に紙袋のことを聞いたが、見当もつかんと言われてしまった。

翌日の夜、紙袋を持っていって目にしたのは大量のチョコレートの山。

「なんですか、これ?」と大国さんに聞くと、すべてバレンタインのチョコだという。

「ほら、俺ってモテるだろう」

はぁ?

「子供が百八十人ほどいるんだが、妻子とは別に、違う神達からも貰ってな。ちょっと困ってる」

「日本の神様ってバレンタイン、関係ないですよね?」

しかもバレンタインにはまだ早いじゃあないか!

「ないんだが、二月になると女神達が毎年くれるんだ」

なるほど、紙袋の意味だけはよくわかった。

「翔平は学校の女子《おなご》から貰わないのか?」

「え? はい。ないですけど……」

可哀想にと言わんばかりに頭を抱えられたが、この十七年、婆ちゃん以外から貰ったことはない！　それがどうした！

お返しに気を使わなくて済むんだぞ！　と堂々としていると、微妙な表情の大国さんに言われる。

「お前の兄もそうだが、兄弟揃って女に縁が薄いからなぁ」

それ、今言う？　軽く傷つくんですけど！

「で、これを持って帰れと？」

嫌そうな顔の迦具土に、大国さんは「二人で食べればいいだろう？　そしたら祖母殿もお前達のお菓子を買わずに済むし。俺ってなんて優しいんだろ」と満足そう。

「毒入りとか、手作りとか、手紙入りとかは嫌ですよ？」

「俺を恨んでるやつとか、憎んでるやつからの分がどれだかわからんが……大丈夫だろう。きっと不味《まず》いだけだ！」

やめて！　その自信はどこからくるんですか⁉

「か、迦具土。とりあえず袋に入れようか」

「なんで俺もなんだよ。自分で食えばいいだけなのに……」

「何か言ったか？」

「なんでもありません！」

また神の世界に戻されると嫌だという思いからか、大国さんには妙に従う迦具土だが、八意さんは普通にジジイ呼ばわり。この差は一体なんだろう？

「あ、メッセージが書いてあるのがある」

「避けろ。読んだら気分が悪くなると思うぞ？」

迦具土にそう言われたけど、気になってしまってその包みを持ち、書いてある文を読む。

大好きな大好きな大国主命様。

いつ、私のもとへ来てくださるのでしょう？

長くお待ちいたしておりますのに……

寂しくて寂しくて、今年の梅雨《つゆ》は沢山雨を降らしてしまいそうです。

なんだコレ？

「あ、すまん。それ、多分奥さんからだ」

大国さん、何人奥様がいらっしゃるんでしたっけ？

そんなこんなで、俺と迦具土の二人がかりで袋にチョコレートを詰めていく。

「こっちはとりあえず詰め終わったけど、翔平、何してんだ？」

「んーと、結構メッセージが書いてあるのが多いから分けてるんだけど、大国さん、ホワイトデーに全員へ返せるのかなぁ？　って思っちゃって、数えてた」

チラッと大国さんを見ると、「そんなもの面倒だから返したことはない」とキッパリ！

「同じようなメッセージばかりだから、なんだか変な感じがします……」

「変とはどういう意味だ？」

「だって、来てくれないとか、いつ来てくれるの？　とかばっかりで、好きですとかはないから」

「あぁ？　ない……だと？」

「左側にメッセージつきのを避けておきました」

座っていた大国さんは、立ち上がってチョコの包みを見てはポイ、見てはポイとしながら、おかしいと何度も呟く。

「翔平、バレンタインとは、女が男に好きと言う日ではなかったのか？」

「そういう日でもあるとは思いますけど……」

それを聞いた迦具土もチョコを見に来て、「うわぁ、恨まれてる！」と恐ろしいことを言っている。

ほら、と一つ渡されたので見たら、『この浮気者』と小さい字で書いてあった。

「大国さん、何したんですか？」

「うわぁぁぁ、忘れてた！　すっごい忘れてた！」

頭を抱えてしゃがみ込まれると、小さい子をいじめる高校生の図みたいになってしまうのでやめてほしい。

大国さんはそのチョコを持ち、他にはないかと漁り始めた。結局、いくつか持って
「俺は今からちょーっとだけ忙しい。それを持って帰ってなんとかしておいてくれ」

と言ってふっと姿を消す。

「慌ててたけど、浮気者って……」

「まぁ、そう書けば来ると思ったんだろう。多分、代替わりのこともあって忙しくて、誕生日でも忘れてたんじゃねえか」

「ふーん。神様も奥さんに弱いんだ」

「とりあえずよかったな、この調子だと春休みまで休みみたいなもんだぞ？」

「そりゃそうだけど、なんだか可愛そうだね」

大国さん、奥さんが許してくれるといいんだけどなぁ。


大量のチョコを持って家に帰ると、祖父が「またこんなに沢山」とヤレヤレと言わんばかりの顔で苦笑いした。なので、毎年こうなのか聞いたところ、ここ数年で多くなったらしい。バレンタイン本番はまだ先なのに。神様の海外かぶれか？

疑問に思っていたら、祖父が教えてくれた。

「なんでも、クリスマスやバレンタインなどのイベントにハマった方がいて、他の奥方にも教えたことから始まったようだ」

「ここ日本だよ？」

「その日本人もイベント時期には浮かれているだろう？」

「まぁ、確かに。爺ちゃん、このチョコどうしよう？」

「手作りでないものは、婆さんにいくつかあげると喜ぶ。ご近所さんと話す時にお茶請けにできると言っていた。しかし数が数だから、食べきれない分は毎年手を合わせて焼却してたが……」

爺ちゃんも困ってたんだ……

「何度も分けるの面倒くさそう」

「明日手伝ってやるから、今日はもう寝なさい」

「はーい」

涼しい場所にチョコの入った袋を移動させ、寝支度をしてから迦具土の部屋へと行き、貸していた漫画を回収する。

「あ、残り三分の一は置いていってくれ。それで読み終わるから」

「読むのはいいけど戻してよ。本棚の本が倒れるし、ある程度入れておきたいんだ」

「すまんすまん。だが、この漫画というのは何度読んでも面白いな。あと、アニメとやらもだ。動いて喋るんだぞ？　絵が。それに口から炎を出したり……」

「迦具土はできないの？」

「やればできるだろうけど、戦う相手もいないから必要ないだろ？」

まぁ、平和だし。でもできるんならちょっと見てみたい気もするぞ？

「今度レンタルショップでアニメ借りる？　迦具土もお小遣いを貰えばいいのに」

「そのお小遣いってのがイマイチわからん。必要な分は持たせてもらってるから今のままでいい」

「そう？」

　それから一週間、大国さんからはまったく連絡がなかったので、毎日をのんびりと過ごしていた。するとある日の学校からの帰り道、「おにいちゃぁーん」とまたまた可愛らしい声が。

　懲《こ》りないなー、大国さん。

　仕方なく自転車を押して、大国さんと歩いて家路につく。

「ただいまー、大国さんも一緒だよー」

　小さい姿のまま手を洗いに行き、祖母に昼ご飯をねだっている大国さんを見ると、普通の祖母と孫に見える。

　下手すると兄貴の子かとさえ思えてくるほど家に馴染んでいる気もした。

　お昼にうどんを食べた大国さんは満足そうに丼を置くと、「明日から一人面倒を見てもらう神がいる」と言い出した。

誰ですか？　と聞く前に、「有名人だから楽しみにしておけ」と言い残し、ご馳走《ちそう》様と姿を消す大国さん。

結局、昼飯を食べたかっただけか！

神様のお使い

次の日に神社へ行くと、八意さんと大国さんと一緒にお爺さんがいた。

誰だろうと八意さんに聞くと、猿田彦神《さるたひこのかみ》だという。

その名前、俺でも知ってるぞ!

「初めまして。猿田彦神と申します」

「あ、佐野翔平です。よろしくお願いします」

なんだか普通の神様来たー!

今日は顔合わせだけとのことで、世間話をして帰り、家でまたあの分厚い辞書を捲《めく》る。

「えーと、道の神? なんだそれ……あと祀《まつ》られている大きな神社は、三重《みえ》県の伊勢《いせ》か。で、貝に噛まれて死んだ? 迦具土……貝で死ぬの?」

「そう書かれてるんだろ? それにあいつは国津神《くにつかみ》の……簡単に言えば昔、高天原《たかまがはら》から葦原中つ国《あしはらのなかくに》までみんなを案内するため道を照らしてた神だと覚えとけ」

「うん、そのへんの記述は漢字ばっかで全然わかんなかった！」

迦具土に呆れられてしまった。祖父母は猿田彦神の神社が伊勢神宮《いせじんぐう》の側にあることは知っていたが、一度行ったことがあるだけで詳しくはわからないという。

日曜の夜、神社へ行くと、のんびりとお茶を飲みながら寛《くつろ》ぐ八意さんと猿田彦神の姿が。

「こんばんは」

「おお、来たか。まぁ座りなさい」

老人会かな？　と思うほどに、お茶菓子を前に湯のみを持っている姿はお爺ちゃんそのもの。

「まぁ、そんなに硬くならなくてよろしい。儂《わし》のことは猿さんでも猿田さんでも好きに呼んでくれ」

「じゃあ、猿田さんで。苗字みたいだし」

「ふむ……」

出たぞ、八意さんのふむ！　今回は何をさせる気だ？

「翔平よ、学校が終わってからならば、用事を頼んで構わんな？」

初めてこちらの都合をまともに聞かれた気がするけど、胡散臭《うさんくさ》いことこの上ない！

「今回はちょっとしたお願いに来たのじゃ」

八意さんがそこまで言うと、猿田さんが自分から話そうと言って説明を代わった。

「儂《わし》を祀《まつ》る神社はいろんな場所にあるが、全国の中で三重県が一番多い。で、伊勢の猿田彦神社にこれを届けてもらいたいのじゃ」

机の上に置かれたのは三つの巾着《きんちゃく》袋。どれも同じ袋で、何が入っているのか見当もつかないが、迦具土にはわかるらしく、ちょっと眉間に皺《しわ》を寄せている。

「何が入ってるんですか？」

「儂《わし》の気じゃ」

「気？」

「おいジジイ、三つも持たせたら翔平が気に当てられてしまうとか考えんのか！」

迦具土がそう吠えると、八意さんがやれやれという顔で答えた。

「まったく、口が悪いのは治らんのぅ。お前が持てばいいだろうに」

「俺かよ！」

迦具土と八意さんの言い合いは無視して、そんな遠くまで気を置いてくる理由を聞く。すると、猿田さんは今度、自分を祀《まつ》る他の神社が修復され御神体《ごしんたい》とされているものが移されるので、そちらの方に行かなければいけないこと、その期間長く空《あ》けるので、気を置いてこなければいけないが、時間がないことを教えてくれた。

「八意さん、やーごーこーろーさーん！」

喧嘩《けんか》していた二人がやっとこっちを向いたので、猿田さんから話は聞いたと伝え、行くのはいいが、どうやって置いてくればいいのか教えてほしいと頼む。

肝心なことはいつも後回しだなぁ。

行くだけ行けば、社《やしろ》にいる者が受け取りに来てくれると言うので、咲耶の神社みたいなものかと思い、ひとまず迦具土に巾着《きんちゃく》を預かってもらう。

「じゃあ、帰って爺ちゃん達に話してから出かけます」

そう言って家に帰り、三重県までの行き方と、旅館かホテルが近くにないかネットで調べ始めた。どう行こうかと悩んでいると、「お前、学校を休んで行くつもりか？明日、学校で待っていろ。終わったらそのまま俺が運んでやる」と迦具土に言われてほっとする。また学校を休むことにならなくてよかった！

翌朝、祖母には「神社では行儀よくするのよ?」と心配され、祖父には「滅多にないことだから、夕飯はご当地のものを食べてきたらどうだ?」と呑気《のんき》なことを言われ、家を出た。学校が終わってすぐに人目のないところ、図書室横の階段に迦具土と向かう。

「なんでこんなところに?」

「放課後、この階段はほとんど人が通らないんだよ」

なるほどな、と頷いた迦具土の書いた輪の中に入ると、すぐにまったく知らない神社の鳥居の前に出た。

「ここ、どこ?」

「二見興玉神社《ふたみおきたまじんじゃ》だ」

そう言われたので、カバンの中から地図を出し、確認する。

近くには水族館などもあり、これが旅行ならば行けたのに……とちょっと残念に思っていたら、「猿田彦神社はすぐ近くだ」と現実に引き戻された。

「今日、二つ行くってこと?」

「そうだ。じゃないと、気が強すぎてお前に影響が出る。巾着袋《きんちゃく》を預かっている俺が離れればいいんだが、お前を運ばないといけないから仕方ないだろう」

「迦具土が全部回るのもつまんないしなー」

「俺はそれでも構わんぞ？」

「そういうわけにもいかないだろ？」

そうこう言いつつ神社の中に入り、本殿でお参りをしてから、迦具土が咲耶の神社でも見たような着物姿の小さな使用人に袋を渡したので、これで終わりなんだろう。

「次に行くぞ」

ちょっと待って！　ともう一度本殿に手を合わせ、近くの夫婦岩を見る。

「おい、日が暮れ出してきてる」

「あ、ごめん」

また姿を消してもらい、飛んだ先は猿田彦神社。

「大きい！」

入ってすぐに池があり、鯉《こい》がのんびりと泳いでいて、看板には恋の文字。

「あ、恋ってどういうことなんだろう……っておい！」

迦具土に声をかけようとしたら、迦具土はさっさと先を歩いていた。

「さっさと渡すものを渡すぞ」

こういう時の迦具土はサッパリとしている。つまらない！

お参りをして境内《けいだい》を一通り見てから、迦具土が気の入った袋を使用人へ渡した。その後、スマホでどこか美味《おい》しいお店がないかを検索する。それでおススメと書いてあるおかげ横丁へと行き、伊勢うどんを頼む。

「見て！　麺がものすごく太い。それにつゆじゃなくて、タレ……なのかな？　真っ黒とまではいかないけど、かなり濃そうだね」

眉間に皺《しわ》を寄せている迦具土に、温かいうちに食べようと言って一口。

「啜《すす》れねぇ……。しかも甘い……」

「うん、甘い。これが名物なのかぁ。でも、もちもちとしてて美味《おい》しい」

うどんを堪能《たんのう》してから、せっかくなのでとこれまた名物のあんこの餅を買って家に帰り、祖父母に渡す。

「どんなところだった？」と聞いてくる祖父に、最初に行った二見興玉神社の話から、猿田彦神社の話、最後のおかげ横丁の話をする。次に行くならばゆっくりと行きたいと締め括《くく》ると、前に商店街で当たった旅行券で行ってもいいなと言ってくれた。

翌日、学校から神社まで迦具土に連れてきてもらった先は、森の中の駐車場。

ここが、椿大神社《つばきおおかみやしろ》。

調べてきた内容によると、主神は猿田彦大神。相殿に瓊瓊杵尊《ににぎのみこと》、配祀《はいし》に天之鈿女命《あめのうずめのみこと》と木花咲耶姫と、聞いたことのある神様の名前がずらり。この神社は一体どんな神社なんだろう？　と考えていたら、迦具土が椿大神社は伊勢国一宮で、猿田彦大神を祀《まつ》る神社の総本宮と言われていること、昨日行った伊勢神宮や夫婦岩のある二見興玉神社に次いで参拝者の多い神社だということを教えてくれた。

「川があるね」

駐車場になっている広い場所から歩いていくと、左側には川があり、森林に囲まれた砂利道《じゃりみち》を進む。途中、店の看板を見つける。

「迦具土、とりめしがあるんだって。でも、午前で売り切れみたい……」

「飯を食いに来たわけではないから仕方ないだろう？　今度、猿田彦にでも持ってこさせたらいい」

違う……思いっきりずれてる！　ここで食べるから美味《おい》しいんだと思うんだよ、俺は！

昨日と同じように渡すものを渡すと、迦具土が「帰るぞ」と言うので、しぶしぶついていく。駐車場近くで見た小さな黄色いバスにも乗ってみたかったのになぁ。

でも、せっかく来たのだからと、名物と書いてある草餅とこんにゃくを買った。

「迦具土、毎回こんな手伝いなら簡単なのにね？　美味《おい》しいものを食べられるし」

そう呑気《のんき》に言うと、迦具土が「今のうちにそう思っておけ。あのジジイどもが、こんな美味《おい》しい話をただで持ってくると思ってるのか？　絶対に何かある」と現実に戻してくれる。

そうしてなるべく人のいない、神様の邪魔にならない場所まで歩いていく途中で、迦具土にどれぐらい人の世界のことを覚えたのか聞いてみた。

「自販機も、冷蔵庫ももう覚えただろ？　洗濯機は？」

「回る箱」

確かに回るが、それは違う！

その他にも、回転寿司は回る飯、テレビは人の入った箱などと言っていた。微妙に合ってはいるが……まだまだ教え込まないと、人前でこの発言をされたらまずい！　と、ため息をついてしまった。

迦具土に連れ帰ってもらい、夕食がまだだということを祖母に伝えて、お土産《みやげ》を渡してからお風呂に入り、みんなで夕飯を食べる。

祖父母と話をしながら、今度はもっとゆっくり行きたいなーと言っていると、「そんなに行きたいなら行くか？」と園児服姿の大国さんが現れた。

「いきなり出てくるのやめてくださいよ！」

「飯って聞こえたから、八意を放って来た」

まぁまぁと言いつつ大国さんのご飯を用意している祖母は、ビックリするということがないのだろうか？

「ほら、翔平も加具土君も。早く食べないとなくなっちゃうわよ？　疲れちゃって食欲がないのかしら？」

婆ちゃん、大国さんが来た時点で疲れたんです。

それでもお腹が空《す》いていたので、塩サバを食べつつ、お使いは済んだことを報告しておく。

「ちょっといいか？　そろそろその『こんぷれ』とやらはやめてほしいんだが」

最近は見慣れてきている園児姿の大国さんに、ため息をつきながら言う迦具土。俺もそう思っていたが、言ってくれてありがとうと言いたいよ！

「コスプレね？　まぁ、巫女《みこ》さんとか女子高生姿で学校に来ないだけありがたいけど。誰かに見られたらヒヤヒヤものだもん」

俺の言葉に、大国さんが少し考えてから口を開く。

「なら例えば……神話に出てくるような格好をしてきたらどうなる？」

「普通にドン引きされて、白い目で見られるんじゃないですか？」

「それが元々の姿なのにか？」

不思議そうに聞く大国さんだが、当たり前じゃあないか！

「そんなものですよ。お祭りとかじゃなかったら、人はそういう目で見ますって……あ！　やめてくださいよ？　俺、言い訳考えられないから」

それにしても、いきなり来るということは……

「大国さん、またややこしい話を持ってきたんじゃないですか？」

そう聞くと、大国さんはキョドキョドとしながら可愛く、「祖母殿ー」と食後のデザートをおねだりし始めたが、そこは流石《さすが》、婆ちゃん。

「大国様、美味《おい》しいお茶を淹《い》れますから、先にお話ししてきてくださいませ。お話が終わったらお茶にしましょう」

流石《さすが》の大国さんも笑顔の祖母には敵《かな》わないらしく、「う、うううう」と唸《うな》るしかないようだ。

「お話の後に、ですよ？　ああ、せめていつもの背丈に戻った方が……うちには子供用の椅子がないもので。ほほほほほ」

婆ちゃん、怖い……

仕方ないとちょっと大きくなった大国さんは、炬燵《こたつ》の部屋へと向かう。

テレビ台にしている茶箪笥《ちゃだんす》に湯飲みが入っているのも、もうバレバレだ。

あなたの家じゃありませんよ！

「早く教えてくださいね？　俺達疲れちゃってて。ご飯食べたら寝たいんです」

大国さんは茶箪笥《ちゃだんす》から湯飲みを取り出して、「ま、まぁ、茶でもどうだ？　俺が淹《い》れてやろう。ほら湯飲みに……うわぁぁ！　源三郎！　こぼれたー！」と騒がしい。

祖父がタオルで拭いて、お茶を淹《い》れ直してくれたが、その間も大国さんの様子はかなりおかしかった。

「大国さん？」

「い、言うぞ？　源三郎も心臓の方はよいな？」

なんで爺ちゃんまで覚悟がいるんだよ……

「この……あー！　やっぱり俺には言えん！」

するとポンと八意さんが出てきて、「やっぱりですか」とため息をついている。

八意さんも見てたのか……

「ジジイ、知ってるなら早く話せ！　なんだこのヘタレは！　大国様といえどもコス……コス……ナントカは酷《ひど》いし、肝心なことは話さねーし！　俺達ゃ菓子を買いに遠くまで行ったわけじゃねーんだよ」

「ふむ！」

出たな！　ふむ！

「どうぞ」と祖父に座布団とお茶を勧められた八意さんは胡座《あぐら》をかいて座り、しばらく髭《ひげ》を触っていたが、パッシーンという音とともに、大国さんの尻を叩く。

お尻を両手で抱えて大国さんが飛び上がる。

「何しやがる！」

「罰ですじゃ。管轄が違えども位は儂《わし》の方が上とお忘れか？」

「くっそー！」

「大国様は置いておいて、瓊瓊杵尊は知っておるかな？」

「聞いたことはありますけど、詳しくは……」

「翔平、聞くな！　これは聞いたらヤバいやつだ！」

そう言った迦具土が、俺は逃げ……と口にした瞬間、ポコンと音がし、姿が消えた。

八意さんの手にする瓢箪《ひょうたん》の中から、『出せ！　クソボケジジイ』と迦具土の叫びが聞こえる。

『翔平、耳栓しろ！　聞いたら後悔するぞー』

「こんなこと言ってますけど？」

「ふむ。迦具土も置いといて。木花咲耶姫の旦那が瓊瓊杵尊と覚えてほしい。二人の間には子がいて……まぁ、今回その子は関係ないのじゃが、瓊瓊杵尊……長いのぅ。ニニギでよいか。えーと、ニニギが、咲耶がいつもの神社に居《お》らんくなってしもうたと騒ぎ出したんじゃ。それを……」

「無理です！」

そう言って八意さんを手で制す。

「まぁ、話は最後まで……」

「嫌ですよ。それ、ぜーったいに面倒くさいやつじゃないですか。咲耶さんを連れ戻してこいとかのレベルじゃないでしょ？」

「ふむ……」

聞き飽きたぞ、得意の「ふむ！」すぐに頷くもんか！

「お前達の気持ちもわからんことはないが、まぁ、ニニギがうるさくてうるさくてかなわんのじゃよ。元々賑やかな神じゃから仕方ないんじゃが」

「咲耶さんって、今どこにいるんですか？　この前いきなりいなくなりましたけど。迎えに行って、神気を返すってことですか？」

「あー、咲耶はまだ自分の神社におる。死なぬようにミジンコほどの神気を与えて閉じ込めてはおるがのぅ……」

珍しく言葉を濁すということは、連れ戻しに行くだけでは駄目なのだろう。

「一体何をさせたいんですか？　とりあえず、迦具土を出してくださいよ……」

八意さんが瓢箪《ひょうたん》を逆さに振ると、迦具土が尻もちをついて出てきた。迦具土は勢いよく八意さんに噛みつき始める。

「クッソジジイ！　俺達は絶対にやらねーぞ？　ジジイどもでやれよ。元々大国様が神気を取り上げたんだから、自分でなんとかすりゃいーじゃねーか」

怒り心頭の迦具土に、そうそうと頷く俺。

もうあんな我儘《わがまま》にはついていけません！

「待て待て、確かに俺が咲耶の神気を持ってる。だが、騒いでいるのはニニギだ」

やっと口を開いたと思ったら、大国さんは用意されたデザートに目が釘付けだ。

「騒がせたのは誰でしたっけ？」

「お、俺だ……。だが、今回は石長にバレる前に解決させたい」

「あ！」

そうだった。石長さんはニニギのもとに咲耶と一緒に嫁《とつ》いだのに、醜女《しこめ》だからって家に帰されたんだった……

「爺ちゃーん」

困って祖父を見ると、祖父がふっと目を逸らす。

「さてと、盆栽《ぼんさい》に水でも……」

逃げた！　爺ちゃんが逃げた！

横を向くと、婆ちゃんもそそくさと夕食の後片付けがと言って立ち上がった。お皿が……などと言って台所についていこうとした迦具土を辛うじて止める。

俺を一人にしないでくれ！

八意さんが言い出す。

「少し考えてみてくれんか？　問題を一つずつ片付けていけばなんとかなるかもしれんから、儂《わし》も考える」

そうしてください！　だって知恵の神様なんだから……

でも待てよ？　咲耶を放置していた旦那さんが、今更なんで……

「八意さん！　まさか、瓊瓊杵尊と咲耶さんの仲を取り持てなんて言うんじゃ……」

思いついたことを言うと、大国さんも八意さんも顔を背けてしまう。

あぁ、やっぱり……

「もう、神気を返して旦那さんのところにいさせればいいじゃないですか」

「そう簡単にはいかん！」

「なんで？　簡単なことじゃないですか！　大国さんが神気を返して、夫婦一緒にいさせたらいいだけでしょ？」

「だーかーらー、俺は顔を出せないいんだよ」

「だからなんで？」

そう聞くと、大国さんは仕方ないとばかりに、「俺が……咲耶の神気を奪ったことにもニニギは怒ってる」とぼそりと言う。

「え？」

「帰ってこないのは俺のせいだって言うんだ。その前から帰ってないのを放置してたのは自分なのに！」

「えーと、俺には夫婦の問題はわからないんですけど……」

途端、みんなにじっと見られ、「そっか、翔平はまだ学生だったか！」と今更ながらに言われる。花の十七歳男子ですよ？

「要するに、ニニギさんは大国さんのせいって思ってるんですよね？」

「そうだ」

「元々、咲耶さんを放置してたのはニニギさんでいいんですよね？」

「その通り！」

「旦那さんはなんで咲耶さんの居場所を知らなかったんですか？　あ、神気を取る前にっていう話ですけど」

「知らん！」と腕を組んで堂々と答える大国さん。自信満々に言うな！

そこで八意さんが頷いた。

「ふむ、とりあえずじゃ。木花咲耶姫をいつもの家に呼ぶとしようかの。結界を張って出られぬようにするが」

もう、あなた達でなんとかしてください！　神様の夫婦喧嘩《ふうふげんか》なんて俺には無理！

「咲耶さんを神社に呼んで、なんで帰らなかったのか話を聞くんですよね？」

「そうなるのぅ」

「じゃ、後は任せました」

「待て待て待て待てーい！　実はだな、八意も俺もあの後、咲耶に話をしに行ったんだ。神の牢に入れるのはやはり……ということになって、あの神社まで」

そこで話をつければ、終わっていたんじゃ……

「そもそも、咲耶さんに戻る気はあるんですか？」

「ねーからこうなってんだろ？」

迦具土、お前に夫婦問題がわかるのか？

「だがなぁ、ニニギのところには行かんと言って譲らん。だが神気は返せと言ってごねるんだ」

「キレて帰ってきたんでしょ？　大国さん」

大国さんに指摘すると、八意さんが髭《ひげ》を触りつつ言う。

「儂《わし》も腹が立ってのう、元々の原因はお前じゃと言うたんじゃが……」

二人とも撃沈してたのか……。だったら俺にできることはないぞ？

あれ、待てよ？

「大国さん、石長さんを呼んでくれるなら、俺、咲耶さんに会ってもいいですよ？」

「ほ、本当か？」

「はい」

「だが、石長は……」

「そこは大丈夫です」

だって石長さんは今、兄貴に惚れているから、今更ニニギさんのこととか、昔のことはそれほど気にしないだろう……と思う。

それを聞いてホッとした様子の大国さんと八意さんの二人は、お茶を飲みながら、すでに問題は解決したとばかりにゆっくりしている。

「おい、そんな安請け合いしてもいいのか？」

「石長さんは兄貴に惚れてるだろ？　だから過去のこととかは大丈夫だと思うんだ。それに兄貴は我儘《わがまま》ばかり言ってる人は好きじゃないから、助けてくれるかも」

「そう簡単にいくか？」

迦具土の心配はもっともだ。

「咲耶さんは石長さんより自分の方が綺麗だと思っているから、石長さんがイケメンの兄貴と仲よくしているのを見たら、自分だって旦那さんがいて幸せだって張り合うと思うんだ。兄貴を餌《えさ》にする！」

「お前、腹黒くなったなぁ」

「だって、今回の大国さん達のお願い事って、俺だけでは解決できないものだもん。だから、大国さんにも協力してもらうよ？」

デザートも食べ終わってのんびりしている大国さんに、兄について話した後、「帰りにお菓子あげるんでちょっとだけ協力してください」と言う。すると、大国さんは満面の笑みを浮かべ、「おお、なんとかしてくれるのならお安い御用だ」と答えたが、そう言ったからには全部やってもらうぞ！

「兄貴と石長さんをここに連れてきてもらえませんか？」

「それは構わんが、お前、何をするつもりだ」

「後で説明します。で、兄貴には一時的に神様と関わってもらうんですが、終わったら記憶を消すことはできますか？」

「お前の兄は術がかかりにくい。が、なんとかしよう。それで解決できるのか？」

「はい」

そうして兄にも連絡をとって、決行の日にちなどを決める。石長さんとの待ち合わせ場所はこの家。兄との待ち合わせは神社。ついでに旦那様の瓊瓊杵尊にはいつもの神社の家の奥の部屋で待機してもらうことにした。

兄が神に関わるとなれば、必ず石長さんの味方をするはず。そしたら、石長さんを無下《むげ》にしたニニギさんを見返せるし、石長さんはラブラブ感を味わえる。

今回夫婦のことなんてわからないから大人の手が必要だ。

しかも、咲耶を叱り飛ばしてくれる人が……

兄を神様に関わらせることになるので、祖父母には反対されると思っていたのだが、

「まぁ、純平だしなぁ」と何故か納得された。

「ただね？　石長さんにちゃんと納得してもらってからよ？　そうでなくても女性は傷つきやすいから」と祖母には注意される。

祖母に言われて、確かにそうだと思い、夫婦や姉妹問題は難しいなと改めて思う。

兄とは喧嘩《けんか》らしいことはした覚えがないので余計にそう思った。

だが引き受けた以上は、みんなに協力してもらいなんとかするしかない。そう決意しながらも、不安がないと言ったら嘘になる。

どうか、うまくいきますように……

瓊瓊杵尊の想い

約束の日である土曜。石長さんは時間通りに我が家に来た。しかも手土産《てみやげ》にと里芋を袋いっぱい持ってきてくれている。

こんなにいい人なのに、嫌な思いをさせてしまうだろうことが申し訳ない……

お茶を出して、早速大まかな話を説明する。

「石長さん、嫌なら断ってもらっても……」

「いや、妹の件でそなたの兄にまで迷惑をかけることになるし、私にできることはなんでもするけれど……」

ん？　何か、もじもじし始めたぞ？

「あああ、あの。その、終わったら、純平さんと、しょしょしょしょしょ、食事に行ってもいいだろうか？」

「え？　構いませんよ？　兄貴も喜ぶと思います」

「ほ、本当か？　私は見目も悪いし、と、と、友達になってくれた人は初めてで、どう接していいかまだわからないことが多くて、べ、勉強を……ナイフとフォークの使い方を練習したり……」

そんな健気《けなげ》な石長さんは、他にも雑誌などを見て洋服も研究していると話してくれた。

「石長さん、俺は兄貴が見た目とかで人を選んだりするような人間じゃないって知ってます」

「あの、あの、ありがとう」

相変わらずモジモジしている石長さんはとても可愛く見える。恋ってすごい！

石長さんが引き受けてくれたのはいいが、自分がまた咲耶の暴言でキレてしまうかもとこぼすと、石長さんは笑って「叱ってやればいいのじゃ！」と言ってくれる。

「ただ……瓊瓊杵尊様と咲耶がどんな夫婦生活を送っていたかは知らないけれど、咲耶は大切にされていたはず。あの子が何故違う社《やしろ》に篭《こも》ったのかはわからない……妻としてのつとめを放棄するのはいけないことくらい、私にもわかる」

そう呟く石長さんは少し悲しそうな顔をしていた。

「じゃあ、今から神社へ行きますけど……」

「移動するなら私が力を使おう。迦具土様は力を溜めておかれた方がいいかも」

「どういうことだ？」

「瓊瓊杵尊様は、咲耶のこととなると力を出し惜しみしません。その時に翔平を守れるのは迦具土様だけです。大国様も八意様も終盤まで出てきてくださらないと思いますし」

あの二人、出てこないつもりなのか！　それは聞いてないぞ？

「ちゃんと連れてきてくれるのかなぁ？　大国さん達」

「ニニギは奥の部屋で様子を見させる手筈《てはず》なんだろう？　咲耶のあの我儘《わがまま》ぶりをどこまで黙って見ていられるかだな」

迦具土がそう言って、俺達は移動することになった。

石長さんに神社まで連れていってもらい、見慣れた茅葺《かやぶき》屋根の家を見て、胃が痛くなる。

「八意様の結界が張られているし、大国様の力も感じるから、予定通り瓊瓊杵尊様は中で様子を見ていると思う」

「そんなことまでわかるものなの？」

石長さんの言葉に疑問をぶつけると、迦具土が答えた。

「俺達はな。さ、行くぞ」

戸を開けて迦具土、石長さん、俺の順に入ると、室内にはすでに咲耶がいて、あからさまに嫌な顔をされる。それもそうだろう、神社の祭りには出られず、慣れない仕事をさせられてしまったのだから……

「こんばんは、咲耶さん」

「……」

返事もせずにそっぽを向く咲耶は、前に見た時と同じ格好をしていて、髪も洗っていないのかフケが目立つ。目の前にいるわけでもないのに、なんとなく焦《こ》げたパンのような臭いがする。

「くっさ！」

迦具土、そこは言っちゃ駄目だろう！

「咲耶……まずは湯に。流石《さすが》に私にもこの臭いは……」

石長さんまで！

結局、風呂の用意をし、沸いたお風呂に石長さんが嫌がる咲耶を投げ込むという豪快な入浴をさせる。

服もどこから出したのか、スカートとセーターなど一式用意されていた。

風呂場から、「おやめください！」と抵抗している声が聞こえるが、流石《さすが》に覗きにはいけないので、迦具土とお茶を淹《い》れてひたすら待つ。

「おい、窓開けろ。まだ臭う」

「うん。まさかお風呂にも入ってなかったとはね」

「どうせ拗《す》ねてたんだろ？　強情にもほどがある」

確かに、あんなにまでなってもお風呂に入らないなんて……どこまで頑固《がんこ》なんだろう……。

揉《も》める声が聞こえ、咲耶を引き摺るように石長さんが戻ってきた。

咲耶の頭にはタオルが載せられているが、自分で拭く気はないのか、雫《しずく》がポタポタと垂れている。

「風邪ひきますよ？」

「勝手に洗われたのだから、姉上がするべきでしょう？　なのに放っておくのだから、姉上が悪いのです。しかもあんなに汚い湯になど……」

駄目だ。もう爆発しそう！

「とにかく拭け！　話もろくにできんだろーが！」

迦具土に怒られ、のろのろと水滴を拭《ぬぐ》い始めた咲耶だけれど、これではキリがないので仕方なく後ろからタオルを取り上げてガシガシと髪を拭き、石長さんから渡されたシュシュで適当に縛る。

その間、散々文句を言われたが、仕方がない。多分もうすぐ兄貴も来る。

予定が狂いっぱなしだ……

ガラガラガラッ――

「お、いたいた。爺ちゃんに聞いたんだ。で、その人が咲耶さん？」

「あ、うん」

「風呂上がりに申し訳なかったね」

兄を見た咲耶は頬をポッと赤らめ、「そんなことは……」と言いながら、俺が淹《い》れたお茶と座布団を兄に勧める。これには全員、開いた口が塞がらなかった。

「あ、これ石長さんのお茶と座布団じゃないの？　俺は自分で準備するからいいよ？　石長さん、熱いのがいいなら淹《い》れ直すけど」

兄の言葉に、石長さんが首を横に振る。

「私はこれで大丈夫。お茶は私が淹《い》れます」

「姉様、私が……」

サッと立ってストーブのやかんを持ち、「熱い！」と言いながら涙目で兄を見る咲耶。まさか、色目を使っているのか？

危なっかしくもお茶をなんとか淹《い》れて兄に出した咲耶だが、それだけで疲れている様子だ。

「あの、何故こちらに？」

「あ、初めましてですね。翔平の兄の純平です。よろしく」

「咲耶と申します。このような出で立ちで申し訳ありません」

コソッと、咲耶の様子が変だ！　と迦具土が耳打ちしてきた。まさかの姉妹一目惚れじゃないかとは、とても石長さんの横では言えない。

「えっと、本題に入っていいですか？　咲耶さん、なんで旦那さんのところに帰らないんですか？　別居状態ですよね？」

「お、お兄様のいらっしゃる前でなんということを仰《おっしゃ》るの？」

聞いといてなんだけど、頼む、その口を閉じてくれ！

「今回は兄にも仲介に入ってもらうので」

「聞いておりませんわ。酷《ひど》い、私の心を弄《もてあそ》ぶおつもり？」

弄《もてあそ》んでなんかいません。こっちはものすごく真剣です！　しかも勝手に兄貴を気に入ったのはあなたです！

呆れていたら、迦具土に指摘された。

「話がずれてないか？　翔平」

「うん……話を戻しますけど、神気を返す代わりにニニギさんのところへ帰ってもらえませんか？」

ちらりと兄を見ると、状況はわかっている様子だ。大国さん達の術がちゃんと効いていて、祖父から事情を聞いてきたのだろう。

「それはできません」という咲耶に、言葉を続ける。

「だったら、ちゃんと離婚とか……あれ？　神様に離婚ってあるのかな？」

迦具土に聞くと、「そんなものは知らん！　俺は生まれてすぐに死んだからな！」と言われた。大国さんに聞いておけばよかったな。

そこで、石長さんが咲耶に声をかけた。

「咲耶、みんな心配しているのだから、せめて理由くらい……」

「だ、大体、姉様が醜女《しこめ》だったのが悪いのでしょう？　結局、私一人だけがあの方の子を産んで育てて。ストレスというやつです！」

「それをよしとしたのはお前自身だろう？　文句を言うな」

迦具土の言っていることもわかるのだが、咲耶に届いている気配はない。

続けて兄が口を開いた。

「あー、ちょっといいか？　俺には咲耶さんの言っていることはただの我儘《わがまま》に聞こえるんだが。それに、石長さんはすごく素敵な人だよ？　お姉さんのことをそんな風に言うのは感心しないな」

「じゅ、純平さん、わ、私が醜女《しこめ》なせいで帰されたのは本当ですから……」

「石長さん、自分をそんな風に言うのはよくないよ？」

やっぱりラブラブカップルに見えてしまう。それも作戦のうちだったのだけど……

兄と石長さんの仲のよさを見て、咲耶も旦那さんのところに戻りたくなればいいなと考えて来てもらったのはいいが、咲耶が兄を気に入ってしまった今、この作戦はうまくいかない気がしてならない。

二人のやり取りを聞いて、ワナワナと肩を震わせている咲耶。

多分、自分が一番じゃないと気が済まないんだろうなぁ……

「咲耶さん、神気だけ返してもらって元の社《やしろ》に戻るって言うのは、やっぱり違うと思います。神様の仕事とか俺にはわからないけど、ちゃんと旦那さんと話さないといけないと思うんですけど」

「人風情《ふぜい》に何がわかる！」

「咲耶！　いい加減にしなさい！」

「姉様はいいわよね？　好きで社《やしろ》に引きこもってるんだから！　私は色々と忙しい上、ニニギ様のところにいたらゆっくりなんてできないでしょう？　常に見張られてるんだから。ことあるごとに舞や楽をねだられ、側にいるだけで疲れますの。それに比べ、あの社《やしろ》はみんなが働いてくれるから楽でよいし、元々、婚姻前もそのような生活でした。少しくらい羽を伸ばしても構わないでしょう？」

「結婚って、そういうものじゃないと思うんだけどなぁ」

「あ、兄貴、この人達の感覚って人とは違うから」

フォローを入れてみるが、兄の言葉が正しく聞こえる。

「だとしても、旦那に何も言わずに出ていくのはよくないし、話を聞くに、家事とかしてないじゃないか」

一応、今までのことを簡単に話すと、「はぁぁぁ？」と言う兄の呆れ声。

「いや、確かに綺麗な人とは思うよ？」

そう言った兄の顔を見て、頬をさらに赤らめた咲耶は援護してもらおうと、自分がいかに酷《ひど》く辛い目にあったかを話す。

だが、兄はそういった話を聞くだけ聞いても、同情はこれっぽっちもしていない様子だ。

見えていないだけで、ニニギさんも聞いているだろうに！

「話はわかりましたけどね？　それ、あなたが全面的に悪いです！」

よく言った、兄貴！

「何故？　何故私ばかりみんなでいじめるのです？　神気を取られ、食べるものもなく、世話人もいない生活などできようはずもございません！」

「咲耶さん、この間のお祭りの時みたいに何か一つでも頑張れませんか？」

そう、掃除や洗濯に限らず、踊りや歌とか一つでもニニギさんにしてあげたら喜ぶと思うんだよ、俺は。

でも……兄はさらに咲耶の地雷を踏んでいく。

「石長さんは自分の仕事をきちんとやってるよ？　それにちゃんと挨拶《あいさつ》もするし、お礼も言うし、よく根菜類のおすそ分けもしてくれるいいお姉さんを、なんで見習おうとしないかな？」

「姉様は醜女《しこめ》だから、土いじりが似合っているのです。私はそのような汚いことはできませぬ。純平様ならわかってくださると思ったのに……そのように素敵なお姿をしていながら姉様など選ぶなんて……」

「馬鹿じゃねーの？」

ちょっと待て兄貴！　それ以上刺激したら駄目だ！　それなのに一度開いた兄の口は止まらない。

「自分の姉に対して言うことじゃないし、どれだけ大事にされていたかは話を聞いただけでもわかるけど。自分では何もしていないことを棚に上げてよくもまぁここまで言えるなぁ。な、翔平」

俺に振るな！

ここまで話しても、咲耶はいつもの如《ごと》く「私が悪いのではない」と言い張っている。今までと何も変わらず、変わる気もまったくないと判断して、迦具土に大国さん達を呼んでほしいと頼む。

そして大国さん、八意さん、瓊瓊杵尊の三人が姿を現した瞬間、隠れる場所を探す咲耶。

「こら、逃げるな！」

大国さんに言われるも、襖《ふすま》の奥に隠れようとするので、襖《ふすま》の前に立って逃げられないようにし、みんなで囲んで座る。

「咲耶……そんなに私が嫌いか？」

初めて言葉を発したニニギさんだが、どことなくしょんぼりしている姿は、天祖降臨した偉大な神様からはほど遠く見える。

「一人の時間が欲しかったのです」

そう言ってそっぽを向く咲耶の姿は、もう子供が拗《す》ねたのと何も変わらない。

「結婚する時に自由に暮らしていいと約束しました」

「確かに……だが、舞と楽はしてくれるとも約束したであろう？」

「してましたでしょう？　もう飽きたのでございます」

「そなたがこの家に来る前に……いやその前からずっと見ていた。一通り話を聞き、すべてを見た時に確信した。大国様の判断は間違っておらなんだ。咲耶……そなたが神気を取られたのも納得がいく。大国様、八意様、申し訳ございませんでした。そして、石長比売。私の酷い仕打ちを許してくれとは言えないが、咲耶のことで心労をかけたことを心から詫びる。そして、そこのご兄弟。特に弟の……翔平だったか？　数々の咲耶の無礼を私から詫びる」

意外な謝罪に、これからどうなるんだろう？　と不安だけが残る。

ただの夫婦喧嘩《ふうふげんか》じゃないのか？

兄は呑気《のんき》にお茶を飲んでいるので何も聞けず、迦具土も知らん顔をしているし、大国さんと八意さん、ニニギさん達三人は神気の話をしている。置いてきぼりになった気分だ。

「翔平、石長、迦具土もちょっと」

大国さんに呼ばれて、裏で話を聞く。やはり神気は暮らせる分だけ返し、瓊瓊杵尊の屋敷でもう一度教育して考えを改めさせるか、石長さんのところで教育するかという二択で揉《も》めているそうだ。

「しかし、できればだがな？　お前の家で……」

「嫌です！」

「そうすれば神気は返さずともいいんだ」

「爺ちゃんと婆ちゃんにどんだけ負担をかけるつもりですか？　それに俺の春休みと青春がなくなるじゃないですか！」

「そう言わずに！　婆さんにも爺さんにも少し力を分けているから体力はある。それに、迦具土もいるし。嫌だろうが……一番いい場所なんだよ。そうすれば神気を抑えたニニギも様子を見に行けるし」

「私からも頼む。この通りだ……」

ううう……。神様達に頭を下げられたら断れないじゃないか！

「爺ちゃんと婆ちゃんに影響はないんですか？　それに、兄貴のことはどうするんです？」

「それも考えたんだが、このまま兄の方にも手伝いを頼めたらなー、なんて……あははは」

「あははじゃないですってば！」

「わ、わ、わ、私もなるべく様子を見に行くし、そそそ、その、純平さんの術ならば私がかけ直すこともでき……ブフッ」

そこまで言って、いきなり鼻血を出した石長さん。何考えてたんですか？

「兄の方は家に来た時だけの手伝いでいい。お前の兄なら石長と咲耶二人の間に入れるだろう？　それに、術のかかりにくさとかを考えると、毎回かける方が体に負担がかかる」

あれ？　でも前に、新しい木花咲耶姫を社《やしろ》に置くとかなんとか……

そのことを聞くと、大国さんが考えつつ答えた。

「咲耶の神気は大きい。だから、せめて神として暮らせる分を与え、残りは新たな木花咲耶姫に与え、あの社《やしろ》に住まわせようと思う。もちろん、使用人もそのまま。新しい咲耶の方は教育をしてある……ちょっとドジだがな」

「え？　じゃあ、今の咲耶さんは……」

「お前の家で花嫁修業をさせ、ニニギのもとに帰すという計画だ」

どうだ！　と胸を張って言うのはいいが、「咲耶」というだけで不安が残る。

なるほどな、と呟いた迦具土が、こちらを見た。

「考えてもみろ。このまま祖父母殿に細々《ほそぼそ》と迷惑をかけ続けるよりいい。兄は人ならざるものが見えるようになるが、元から見えるお前とそう変わらん。それに、俺がいるから変なものを純平に寄せつけることはない」

「嫁教育はいらないんじゃゃ？　ニニギさんのところに帰すだけでいいと思うんだけど」

「「「それはしてくれ！」」」

「とりあえず、一週間。新しい木花咲耶姫をあの社《やしろ》に降ろすのにそれだけはどうしても時間がかかる。その期間は翔平の家で預かってくれないか？」

この通りと手を合わせる大国さん。

「一週間だけですよ？　それを超えたら追い出していいですか？　大国さんの社《やしろ》に」

「もちろんだ！　毎日誰かを見に行かせる。あー、よかった。これで安心できる」

そうして元の席に戻ると、咲耶が真っ先に問いかけてきた。

「あのぅ、私の神気は？」

キョトンとしている時の咲耶はやはり綺麗で、仕草などもお姫様そのものに見える。

当然、怒らなければだが。

「ニニギ、こやつに戻す神気は、神として暮らせる程度でいいのだろう？」

「はい、構いません。あちらの社《やしろ》の咲耶の方に使わねば、祭り事もできませんし」

「そんな……」

「八意、咲耶と石長を祖父母殿のところへ。俺はニニギを案内する。後は各自で帰ってくれ」


自宅に着くと、誰からどう話がいっていたのか、茶菓子とお茶が用意されていて、最後に着いた俺は家の中の様子に頭を抱えてしまった。

のんびりとお茶を啜《すす》る、大国さんと八意さん。

うちの嫁をよろしくと挨拶《あいさつ》している瓊瓊杵尊。

庭側を向いてふくれっ面をしている咲耶。

「ごめんね、爺ちゃん、婆ちゃん」

「まぁ、純平もいることだし大丈夫だろう?」

「爺ちゃんは呑気《のんき》に考えすぎなんだよ。家に何人神様がいると思ってるの?」

「まぁ、確かに……。だが、元は夫婦。きっとわかり合える時が来ると思うぞ?」

「ほほほ。女性だし、お婆ちゃんに任せてちょうだいな。旦那様からは許可をいただきましたからねぇ。純平、翔平と買い物に行ってきてくれるかしら?」

　メモを受け取り、兄と迦具土とスーパーで食料品を買って帰ると、お鍋の用意が。

過去の悪夢——咲耶も含めたみんなで鍋を囲んだ時の苦い記憶が蘇《よみがえ》る……。

「婆ちゃん!」

「大勢で食べた方が楽しいでしょう? お婆ちゃん、鍋に入れるお団子を作るから、野菜とか入れていってちょうだいな。純平はお酒の支度《したく》ね」

　迦具土はしっかりと割烹着《かっぽうぎ》を着て野菜を切り始め、「あの場にいなくていいだけマシだ」と言っている。

　コソッと炬燵《こたつ》の部屋を覗くと、将棋をしている祖父と八意さん。

　ニニギさんとトランプで神経衰弱をしている大国さん。

　姉妹で何か話し合っている石長さんと咲耶。

確かに怖い！

祖母に言われたことを終えて、鍋などを机に並べながら茶碗を出していると、「今日は味噌味か？」と大国さんに聞かれる。

「多分そうだと思います。土鍋が二つだから醤油《しょうゆ》味もあるかも」

「おお、ニニギ、この家の鍋は美味《うま》いんだぞ？　特に巾着《きんちゃく》に入った餅と、根菜の揚げが堪《たま》らんのだ！」

婆ちゃんの料理を褒められるのは嬉しい。

咲耶さん、今度は食べてくれるのかな？

食事が始まってからは、もう預かったお嬢さんですから、と祖母が咲耶を横に無理やり座らせ、お椀《わん》をちゃんと持ちなさい、温かいうちに食べなさいなどと、優しく、ものすごく優しく言っている。

だが、物言いは柔らかくても婆ちゃんが怖いことは、俺達兄弟はよく知っているので、つい背筋を伸ばしてしまう。

リラックスしているのは石長さん以外の神様三人と祖父くらいのもので、迦具土は野菜を入れたりお肉を入れたりと、賄《まかな》いのおばちゃんのようになっている。

「締めはどうします？」

「醤油《しょうゆ》は卵雑炊《ぞうすい》で、味噌はうどん！」と、譲る気がサラサラない大国さん。

咲耶もやはりお腹が空《す》いていたのか、少しずつだが食べてくれたのでホッとして石長さんを見る。すると石長さんは兄を見てぽーっとしていた。

「石長さん？　おーい、石長さーん」

「は、はい？」

「大丈夫？」

「え、ええ。そうだ、咲耶の着替えをどうしようか」

「荷物の中に……ないんだった！」

すると、兄が横から言う。

「明日買いに行けば？　俺がいるんだし、車で連れていけばいいじゃん」

兄貴、この人が素直に服屋へ行くと思うのか？

でもそれ以外に方法がないので、大国さん達が帰る時に、咲耶に逃げられないように術をかけた。翌日は、確実に嫌がるだろう咲耶をどうやって車に乗せようかと祖母と相談していたが、「ほら、立って歩いて……」と兄が声をかけたところ、素直に従う。

なんだか理不尽！

なんとか服屋まで行き、必要最低限のものを買おうとするも、咲耶はあれも嫌だこれも嫌だと言って、なかなか進まない。祖母は「まぁ、頑固《がんこ》なお嬢さんねぇ」と青筋を立てて笑っている。

「あの、咲耶さん。婆ちゃんも歳だから怒らせないでね？」

「勝手に決められた話なのですから、知りません！」

「老人には優しくだ。今から帰るけど、帰ったら手洗いとうがいだから」

そう言う兄には素直に「はい」と答える咲耶。兄貴最強！

一日目の午前中からこれで、あと六日。ちゃんと俺達だけで乗り越えられるのか不安になる。というのも、今夜には兄貴が仕事のため帰るからだ。

荷物を下ろして、咲耶を家の中に入れるのも全部兄。お客様のような扱いだが、いいのだろうか？

かといってもう、俺にはなんの知恵も絞り出せない……

兄が世話を焼いてくれたので、どうにか夕飯にお風呂まで済ませられた。その兄が帰る時には「今度はいつ会えますか？」などと聞いている咲耶。

嫌だぞ？　咲耶が義姉になるなんて……

「んー、仕事は落ち着いてるから、ま、そのうち。婆ちゃんの手伝いをよろしくお願いします」

曖昧《あいまい》な答え方をした兄が、祖父母と弟に迷惑をかけたら、もう話さないなどと言うものだから、咲耶はオロオロとしながらも「はい」と返事をする。その返事が本当なら助かるのだが……

兄貴を見送って、俺からも声をかけた。

「咲耶さん、もう遅いので休んでください。朝はみんな六時頃に起きるので」

「私も何かしなければいけませんの？」

「兄貴に言われたでしょ？　ほら、振り返って見てる見てる」

そう言うと大人しいもので、また素直に「わかりました」と頷く咲耶には、流石《さすが》の祖父母も呆れていた。

そして翌朝、一階に下りていくと、パシッ！　パシッ！　と台所から音がするので、迦具土とこっそりと覗く。

「そんな包丁の持ち方がありますか！」

パシッ！

「じゃがいもの身より皮の方が厚くてどうします！」

パシッ！

祖母が咲耶にあれこれと指導して、時折、お尻を厚紙製のハリセンで叩いている。

「これ、見ちゃいけないやつ……」

「ああ、でも面白いぞ？」

二人で覗いていたら、いつの間にか祖父も後ろから「始まったな」と覗いていた。

咲耶の手つきはかなり悲惨なものだ。切ったはずの沢庵《たくあん》は繋《つな》がっており、しかも幅がとんでもなく厚いぶつ切り。

「手が！　手が臭いですわ！」

祖母が「洗えばいいんです！」と言って茶碗を用意するように指示する。でも、咲耶は椅子に腰掛けようとして、またもやパシッ！　とハリセンでお尻を叩かれた。

婆ちゃんのハリセンは見た目こそ痛そうに見えないものの、なかなかの威力なので、本気でやられたら五発でお尻が赤くなる。今回はかなり手加減しているだろうが……

朝食時には正座をさせられ、咲耶はかなりご立腹な様子だ。

朝食にも箸をつけようとしなかったけれど、「ちゃんと残さずに食べなさい」と祖母に言われ、渋々箸を取っている。

ご飯の最中、今日はどうしよう……と考えていたら、「咲耶姫には道場の床の水拭きでもしてもらおうかな」と祖父の大胆発言。

これにはもう開いた口が塞がらない。

咲耶もそう思ったのか、お箸と茶碗を持つ手が震えている。

「俺は……」

迦具土が何か言いかけると、祖母が笑顔で続けた。

「迦具土君はいつもやってくれているもの。たまにはゆっくりしたらどうかしら？」

「それもそうだが、一応見張りとして見てることにする」

「じゃあ俺はとりあえず宿題をしておこうかな……。祝日だし」

宿題を終わらせて道場を見に行くと、そこには竹刀《しない》を持った祖父と、嫌々掃除をする咲耶が。

「泣いていても進まないから、さっさと拭く！　ほれ、そこがまだ拭ききれてませんぞ！」

時折素振りをしながら咲耶に言い聞かせる祖父の雰囲気は、厳しい剣道の先生だった頃そのものだ。思わず迦具土とひそひそ話してしまう。

「なぁなぁ、爺ちゃんも婆ちゃんも活き活きしてない？」

「なんて言うんだったか、嫁いびりとかいうやつみたいだな」

「やめてよ！　咲耶さんが嫁なんて……って、誰の？」

「年齢的にお前の兄貴しかいないだろ？」

やめろ、迦具土。それだけは嫌なんだ、俺は！

「いやいや、咲耶さんは兄貴の好みのタイプじゃないと思うんだよなー。前にいた彼女も綺麗な人だったけど、結構しっかりした人だったし」

あえて咲耶に聞こえるように言う俺は、本当に性格が悪くなったと思う。

「じゃ、咲耶は振られるだろうな。この道場は俺が掃除しても朝から昼までかかるんだが、この調子だと夕飯までに間に合うかどうか。とりあえず、戻るか？」

「そうだね」

炬燵《こたつ》の部屋に戻ると、のんびりとテレビを見ながらお茶を飲む祖母。

「婆ちゃん、あのハリセンだけど……」

「あ、あれね。朝の一回でボロボロになったから、また作らないとねぇ」

「そうじゃなくて！　なんでハリセンなの？」

「手っ取り早いのよ」

手っ取り早いとはいえ、一応神様なんだけど……と言いかけるも、祖母は聞いちゃいない。

「翔平もいたずらした時によくあれでお尻ペンペンしたものねぇ」

「俺のことはいいんだって。咲耶さんは一応神様で、姫様だよ？」

「今は人でしょう？」

「そうだけど、大国さんがこっそり見てる気がしてならないし、怒られないかな？」

「あのね、翔平。あのくらい厳しくしないと咲耶姫は動かないと思うわよ？　それに、神様とはいえ一通りの家事はできてもいいと思うの。お爺さんもわかっていて道場の掃除をさせているのでしょうし。水拭きは、この時期は手がかじかむのよねぇ……あそこ寒いから！」

確かに、夏は涼しくていいが、冬から春先にかけての雑巾《ぞうきん》がけはきついものがある。

小さい頃はすぐに手が赤くなっていたことを思い出した。冷たくなった手によく息を吹きかけたっけ。

特に年に二度の大型連休の時のワックスがけはさらに大変だし、その際は外の窓や倉庫の手入れなどもさせられていた。

あれ、まさか、裏の倉庫掃除まで咲耶にやらせるつもりか？　待て待て待て待て！

「婆ちゃん、流石《さすが》に倉庫まで掃除させないよね？」

「今日は道場の雑巾《ぞうきん》がけが終わったらお風呂の支度《したく》をしてもらおうと考えていることはお爺さんに話してあるから、大丈夫だと思うわよ。明日はどうしましょうねぇ」

どうしましょうって……こちらとしてはひやひやしっぱなしだ。

その時、迦具土がハッとしたような顔をした。

「大国様が来る……」

いきなり言うな、迦具土。

「今、少し気が……」

そのままどこから現れるのかと待っていると、玄関からピンポーンと音がする。

ガラッと戸を開けたところ、大国さんが大量のスーパーの袋を下げて立っていた。

しかも、姿が普通の大学生風。

ついにコスプレに飽きたのか？　それならとても嬉しいのだが……

「大国さん、いらっしゃい」

「こ、これはスーパーとやらで買ってきた差し入れだ。またあのずるいお好み焼きが食べたくてな……粉の裏に書いてあった材料と、タコとかを買ってきたのだが……スーパーとやらは面白いな！」

どこが？　面白い場所ではないんだけど……そんな顔をしているのがわかったのか、俺に袋を渡した大国さんは台所に行くと、ドヤ顔で語り出す。

「タダで食べ物が貰えたぞ？　だから、貰った『ういんなあ』も買ってきた。お好み焼きに入れられるのか？」

それは試食です！　断れなくて買ったんでしょう？

一緒に支度《したく》からしてみたいと言うので、台所まで連れてきたのはいいが、男二人が入るとかなり狭い。

「咲耶はどうだ？」

「道場の掃除をさせられてます」

「そ、そうか……」

なんだかんだと、大国さんも気にして来てくれたのだろうか？

「さあさ、これをぜーんぶ切るんですけど。流石《さすが》にここでは手狭だから、簡単なものは隣の部屋でやってちょうだい。翔平と迦具土君、具材は二人で切ってきてね」

そう言った祖母にタコとウインナーなどを渡される。すると大国さんがおずおずと口を挟んだ。

「祖母殿、咲耶を手伝わせないのか？　その、俺達もなんだかんだと世話をかけてるから、手伝いぐらいはと思ってだな……」

これは八意さんに言われたな？

そう思いながらも、道場に咲耶と祖父を呼びに行き、台所に咲耶を立たせた瞬間、また何かやらかしたのか悲鳴が上がる。

祖母の手には新たなるハリセン。

流石《さすが》の大国さんも、お、俺を殴るなよ？　と少し警戒している。

やっぱり、朝も見てたんだな……

隣の部屋で具材を切っていくつかのボールやお皿に分けて入れていくけれど、台所が隣ということもあり、パシッ！　と軽快な音が聞こえてくるので、こちらも堪《たま》ったもんじゃあない。

ややあって、「お、おーい！」とやって来た大国さん。

「祖母殿が怖い！　咲耶のケツをバシバシと叩くんだ。近くにいたら巻き込まれてしまう」

「昨日からなので、そろそろお尻が赤くなってると思うんですけど……」

「まだ続くのか？」

「多分。爺ちゃんは竹刀《しない》を持ってましたよ？」

ああああぁぁ!!　と頭を抱えている大国さんだが、祖父母を止めるなんて俺には無理だ！

「翔平、ホットプレートを棚から下ろしてちょうだい」

祖母に言われた通り、二つ下ろしてコンセントを差してから、切ったキャベツや具などを並べ、お皿やマヨネーズ、もちろん醤油《しょうゆ》も用意する。

途端、大国さんが興奮し出した。

「これだコレ！　このずるいやつが食いたいんだ。たこ焼きの時も美味《うま》かったが、やはり全部の具材を入れて焼いてから、醬油《しょうゆ》マヨネーズで食べるのが楽しみ……って、なんだ？」

「あのー、そんなに具を入れたらひっくり返すのとか、大変になると思うんですけど」と指摘すると、大国さんは「げ、源三郎！　翔平が酷いんだ！」と祖父を呼びに行ってしまった。

戻ってきた時には何故か園児姿で、しかも祖父の後ろに隠れている。また俺がいじめている感じになってるじゃあないか！

そうこうしつつもみんなでホットプレートを囲んで座る。大国さんは一度経験があるので具をうまく混ぜていた。

「お、大国さん？　普通のお好み焼きから焼きません？」

「これを楽しみに来たのにか？」

「ひっくり返す時に、絶対半分に割れると思うんですけど」

「んー、仕方ない。なら、この海鮮ミックスとやらでまずは焼くか」

そう言った大国さんがタネを流し込み、祖父が形を整えている。

俺も醬油《しょうゆ》とマヨネーズを入れて混ぜながら咲耶を見ると、咲耶は食材やボウルに触ろうともしていない。

「おい、早く混ぜろよ」

咲耶にいきなりやらせるのは無理があるだろう、迦具土。

「わ、私ですか？」

「さっきからお前の腹が鳴ってるのが聞こえて、耳障りだ」

「そんなことありません！」

パッシーン！

途端、またハリセンが唸《うな》る。今までで一番いい音だったぞ、婆ちゃん！

お尻を押さえた咲耶は涙目で怒鳴った。

「それが神にすることですか！　大国様！　この人間どもを滅してくださいませ！」

「お前が意地を張ってさっさと焼かないのが悪いんだろう？　源三郎、もうひっくり返してもいいか？」

一方、大国さんは呑気《のんき》に自分のお好み焼きの心配をしている。

半分ソース、半分醬油《しょうゆ》で食べるつもりらしく、手元には鰹節《かつおぶし》と青のりもしっかり用意されていた。

「迦具土、婆ちゃんと先に焼いてくれる?」

「わかった。婆さんは普通のでいいのか?」

「そうねぇ、チーズはいらないけれど、たまには豚肉にしようかしら」

どこで覚えてきたのか、豚玉だな? と迦具土が手際よく混ぜてホットプレートにタネを載せて、豚肉を置く。あと一つ焼けるのだが……

そうだ! と大国さんに耳打ちすると、大国さんはすぐにニヤッと笑い、焦がすなよ? と言って庭に出ていく。

戻ってきた大国さんの後ろには兄と石長さんがついてきていた。

「お好み焼きか。急に庭に連れてこられた時はびっくりしたけど、また職場に戻してくれるって言うから……」

「ごめんね」

あれから神様についての記憶が刷《す》り込まれたので、兄に説明する手間なく来てもらえるのはありがたい。大国さんから連絡用のお守りを持たされたのだそうだ。

「石長さんもすいません」

「わ、私は、その……馳走《ちそう》になってよいものかと」

「どうぞどうぞ。いつも沢山の野菜をありがとうねぇ。たっぷり食べてくださいな」

「では……」

祖母に勧められ、兄と石長さんの二人は仲よく隣同士に座る。

しかも迦具土がズレたので、咲耶の目の前！

「石長さんは何にします？」

「えっと……」

キャベツに卵、出汁《だし》汁に山芋。それを小さめのボウルで丁寧に混ぜながら具材を入れていく兄。

「兄貴、これめっちゃでかいヤツじゃん！」

「石長さんと半分ずつにするからいいんだよ。ね？」

「じゅじゅじゅじゅ、純平さんがいいのならば」

「こういうのはみんなで食べた方が美味《うま》いだろ？」

「確かにそうだけど」

焼けた後が怖くなってきたよ、俺。

「翔平もまだ焼いてないいなら分ければいいっか。石長さんいいですか？」

「も、ももも、もちろんです！」

次の瞬間、咲耶がキッと顔を上げて叫んだ。

「ずるいですわ、姉様だけ！　焼いてもらって食すなど……しかも純平さんと」

パシッ！

すぐに祖母にハリセンで叩かれ、またしゅんとなる。

「うっ……」

「あなたはご自分で焼きなさいな。沢山動いたからお腹が空《す》いたでしょう？　ほら、大国様だってご自分で……お上手になられましたこと。ほほほほほ」

「前は崩れたからな！　今回は失敗しないようにと源三郎に教わったぞ？　咲耶、お前も知らぬことは聞けばいい。人間がどうのこうの言っているが、お前も今は人間だろう？」

「神気を……」

「誰が返すかボケ！　石長、お前達のお好み焼きは……ひっくり返せるのか？」

大国さんはかなりの大きさに驚いているが、兄はこういうのはとても器用でうまい。

「どうなさるのか……このように大きいのは見たことがないもので」

石長さんも不思議そうに見ている。

「大丈夫だよ。兄貴はこういうのが得意だから、任せておけばいいと思うよ？」

そう言った側から、クルッとひっくり返す兄に、大国さんも「おお、すごい！」と拍手をし、焼けたお好み焼きをど真ん中から食べ始めた。

ソースと醤油《しょうゆ》が混じってないか？　見ていたら大国さんに聞かれた。

「純平、そのボウルならば、全部の具を入れて焼けるか？」

「かなり大きくなりますよ？」

「構わん、焼いてくれ！　ずるいお好み焼きを！」

そうしてみんな、それぞれ好きなソースで食べる。祖母は迦具土の焼いた豚玉をのんびりとソースで。迦具土は海鮮焼きをソースマヨで。

祖父も食べているし、あと焼いてもいないのは……

「咲耶さん。その具は大国さんも切るのを手伝ってくれたんです。みんなで作るから美味《おい》しいんですよ？　やってみませんか？」

「このようなものは、料理ではありません。自分でするなど……」

「咲耶さん、時間は少し早いけれど、これが今日の昼食なの。いらないのね？　家では、我儘《わがまま》を言えば即、食事抜きよ。何故だかわかるかしら？」

祖母の言葉にも、咲耶はつんとそっぽを向く。

「知りませんわ、そんなこと」

「なら、そこで大人しくしていてちょうだいな。片付けは手伝ってもらいますけどねぇ」

祖母には、野菜を作る人、米を育てる人、魚をとってきてくれる人、お肉を育てて作ってくれる人にも……みんなに感謝しなさいといつも言われている。

神様だって、農業や漁業の神様がいるんだから、それがわからないわけはないのに……しかも、咲耶さんの子供って、海と山に関係があったよな⁉

「はい、石長さん。これも食べてみて？　翔平が好きな醤油《しょうゆ》だけどソースと違ってまた美味《おい》しいから」

一方で兄は、そんなことを言いつつ呑気《のんき》に石長さんと半分こしてお好み焼きを食べている。

「私の前でいちゃつくなー！」と目をウルウルとさせながら兄を見る咲耶だが、兄は無関心。

その鋼の心臓は、隔世遺伝で婆ちゃん譲りか⁉

「翔平、お前の分なくなるぞ？」

「え？」

「ほら、純平の焼いてくれたスペシャル。皿を貸せ。俺のを分けてやる」

「ありがとうございます」

大国様がそのようなこと！　と叫んでいるのは、もちろん咲耶。

祖母と石長さんは、今日のおすそ分けの山芋について話している。

「迦具土は食べないの？」

「もう腹がいっぱいだ。お前こそ全然食べてないじゃないか」

「食べたよ？　みんなが食べすぎなんだと思うけど……」

「じゃ、俺は先にいらないものを台所に持ってくから」

「うん」

大国さんや祖父達が堪能《たんのう》しているのを見ながら、迦具土がもういらないものをお盆にどんどん載せ、運ぶ。チラチラと咲耶を見るが、やはり手をつけようともしない。

仕方ない……

咲耶の目の前に置いてある小さなボウルを取り上げてかき混ぜ、余った具材を投入してホットプレートの上に流し込み、綺麗な円にする。

ちょうどいい頃にひっくり返し、できたものに醤油《しょうゆ》マヨを塗り、その上からさらにチーズを載せた。すると、「うわぁぁぁ！　それは！　もっと贅沢《ぜいたく》なずるいお好み焼きじゃあないか！」と大国さんが興奮して叫んだ。

咲耶に「食べませんか？」と声をかけるが無言だったので、ほとんど大国さんのお皿に載せる。

「ふほぉー！　チーズが堪《たま》らんな！」

「ハマりましたね、チーズ」

「米の上にも置いてみたが、ちょっと違うんだ。どり？　どりなんとかという食べ物にならなかった」

それはドリアのことか？

米の上にチーズが載っているのは合ってるが、それ以外は何も合ってないから！

お腹はいっぱいだったが、匂いに惹《ひ》かれてぺろっと平らげると、目の前からものすごい視線が……

その視線の主は咲耶だ。食べないのがいけないんだろう？

「ご馳走《ちそう》様でした！」

お皿を持っていこうとすると、「わ、私も洗い物を手伝います」と石長さんに横から取り上げられる。

「こんなに沢山の洗い物は祖母殿達だけでは大変だと思うので」

「ごめんね？　今度食事を奢《おご》るから」

そう言って出ていった兄は、大国さんの力で会社に戻るそうだ。石長さんと次に会う約束をしてたけど、どうやって連絡を取るんだろう？

石長さんが神なのはもうわかってるのに……。何かおかしいな？

「源三郎、片付けは苦手だから、勘弁してくれ」

「はい。ゆっくりなさってください」

「わ、私も！」

大国さんに続いてそう言った咲耶へのみんなからの視線は冷たい。

すると、大国さんがため息をついて口を開いた。

「翔平、源三郎。話がある。翔平の部屋でいいか？」

「ここで話せないことなんですか？」

「ここでもいいが……そうだな、ここでいいか！」

重々しく言っておきながら、どっちなんだ！

「実は、昨日と今日、ニニギと俺と八意はそれぞれ咲耶の行動を見ていた」

「覗き……」

「違うわ！　ニニギが見たいと言うからだ！」

「まぁ、旦那さんですしね？」

「一応、残り五日間頑張ってもらいたかったし、祖母殿も尽力してくれている中で言い難いが……咲耶にそれを求めても無理だろうとニニギが言い出した」

「え？　いきなり？」

「やつとて神。しかも強い力を持つ者だ。何も考えていないわけではない。咲耶が嫁《とつ》いできた時から、やつは姫であるお前が苦労をせずに済むよう取り計らってきた。しかしそのことに、お前は気づきもせず、今日の食事も俺が持ってきた材料にさえ口をつけず、翔平が焼いたものも食べず……さらには祖父母殿の気持ちも無視して楽だけしようとしていた。その姿には我慢がならんが、今までやろうともしなかったことを頑張ったことは褒めてやろう。そこでだ、ニニギから知らせが来た。咲耶、お前を一度ニニギの屋敷に戻す！　もちろん、屋敷からは出られないがな」

覗きなんて言ってごめんなさい。ちゃんと、俺や婆ちゃん達が考えてやっていたことを見ていてくれてありがとうございます。

「そんな……私の社《やしろ》はどうなるのです！」

咲耶が叫ぶけれど、大国さんは取り合おうともしない。

「石長、ニニギからの伝言だ。はるか昔、冷たく当たって申し訳なかった。今は心より石長の幸せを願っている。とな……」

手を拭きながら戻ってきた迦具土は、「まぁ、当たり前の判断だな」などと言っている。確かに、新しい木花咲耶姫を社《やしろ》に置くのならばそうなるだろう。

「翔平、あと五日で準備が整う。それまで頼めるか？」

「……はい」

「まだ子供のお前に辛い思いをさせるのはよくないとはわかっているんだが……。ニニギと、八意と決めたことなんだ。この決定は覆《くつがえ》されることはない。ただ咲耶よ。ニニギはお前のことを愛しておる。愛しておるが故《ゆえ》にこれ以上、佐野家に迷惑はかけられない……との判断だ」

ニニギさん。一度しか会ったことがないけど、きっと苦渋の決断だったんだろうな……

「神気については、ミジンコ程度よりは多く返す。咲耶、ニニギの想いを無下《むげ》にするな。翔平、瓢箪《ひょうたん》の使い方は覚えているか？」

「あ、はい。神様を入れたり出したりできるやつ……」

「あれを神棚に置いておく。使いたくなったら使え。ただ、前の時と違うところは、一度入れたら出せないってことだ」

「いや、でも……」

「大国様……その瓢箪《ひょうたん》、私に預からせてくださいませ。これでも私の妹。佐野家での最後の日まで私が面倒を見たいと……」

「嫌でございます！」

「咲耶……」

咲耶は飛び出していこうとしたが、庭に見えない壁があるようで、ぶつかって尻もちをついている。

「大国さん、あと五日と言っても、こんな状態では石長さんでも俺達でも無理です」

「わかってる……」

俺の言葉に大国さんは、でも準備もあるんだと頭を掻《か》いて何か考えていた。その時、祖母の笑い声が響き、びっくりしたみんなの視線が集まる。

「ほほほ。そんなの瓢箪《ひょうたん》にサッサと入れてしまえばいいのです」

あぁ、食材のことでかなり怒ってるなぁ。婆ちゃんは意外と頑固《がんこ》だから、本当に入れてしまうかもしれない。でも、そうしたら咲耶は石長さんとのお別れもできない。どうしよう？　と迦具土を見た。

祖母はひょいっと立ち上がったと思ったら、大国さんに手を差し出し、「瓢箪《ひょうたん》をくださいな」とニコニコしている。

「婆ちゃん！」

「翔平、私だって鬼じゃあないから、可哀想だと思うの。でもね？　このまま五日間家で面倒を見たとしましょうか。私達に今以上に何ができると思う？　旦那様が帰ってきてもいいと仰《おっしゃ》っている時に帰るのが一番なのよ？」

いきなり祖母がそんなことを言うので動揺してしまったが、祖父にも「婆さんは頑《がん》固《こ》だからなぁ。でも、本当に私達にはもう何もできることはないと思うぞ？　神社でも家でも教えられることは教えた。それは翔平もよくわかってるだろう？」と言われ、項垂《うなだ》れる。

「咲耶さん、あと五日、何も頑張らずに瓢箪《ひょうたん》に入ってもいいんですか？」

「……」

何も答えない咲耶を見て、大国さんが言った。

「咲耶、お前には必要な分だけしか神気を渡さん。それは覚えておけ。祖母殿、この役目、祖母殿がやるか？」

「だ……駄目だよ。婆ちゃんは俺を手伝ってくれただけだから……俺がやる！」

大国さんから瓢箪《ひょうたん》を受け取ったものの、「入れ」と言えば咲耶は吸い込まれてもう出てこられない。神気はいつ返すのだろうか？　これで本当にいいのだろうか？

心配そうに咲耶を見つめる石長さんは「早くやってほしい」と言うし、祖父母も心配そうに見てくる。

俺が一言言えば済むことなのに、喉に言葉が張りついたかのように声が出ない。

「翔平、俺がやるか？」

迦具土にも聞かれたが、迦具土も瓢箪《ひょうたん》に入ったことがある。咲耶の辛さはわかっているだろう。かつて、迦具土も死ぬとわかっていて帰っていったのだから……

「咲耶さん、酷《ひど》いことを沢山言ってごめんなさい。でも……俺は神様の決めたことを手伝うのが仕事だから……跡を継いだのは俺だから……ごめんね」

そう言って「入れ」と言うと、吸い込まれるように咲耶が瓢箪《ひょうたん》の中に入り、迦具土の時とは違い、声も何も聞こえなくなった。

その後、大国さんが呪文みたいなものを唱えて栓をする。石長さんには「ありがとう」と言われた。

石長さんも辛いだろうに……

「よくやった。俺はこれから八意達と落ち合って瓢箪《ひょうたん》をニニギのもとに届ける。翔平、辛いのはわかる。俺達も無理を言いすぎた……しばらくゆっくりと休め」

「はい」

「源三郎、頼んだぞ」

「畏《かしこ》まりました」

大国さんが消えた後、どっと疲れが出て座り込んでいると、石長さんが冷たいお茶を持ってきてくれた。

「石長さん、ごめんなさい」

「謝ることはない。遅かれ早かれこうなっていたのだと思う。それに、新たな木花咲耶姫も降りてくるだろうし。私達が……いえ、私が姉として嫉妬《しっと》などせずに咲耶の愚痴《ぐち》や話をもっと聞いて諭《さと》していればよかったのだと、今になって悔やまれるけれども……きっとあの子は誰が何を言っても聞かなかったと思う。よく我慢してくれました……ありがとう」

「翔平、少し横になってろ」

「大丈夫だよ」

「翔平、迦具土君の言うことを聞きなさい。後はお婆ちゃんがやっておくから」

そう言われると何も言えず、部屋に入ってベッドにゴロンと寝転んだ。

それから本当になんの連絡もなく日々が過ぎ、最近は学年末テストに向けて勉強をしている。でも、隣から「早く終わらせろ」と迦具土に言われ、学校の勉強の後には神様の勉強をさせられ、頭はパンク寸前。

きっと、今回のことで俺が悩む時間が少なくなるよう、迦具土なりに気を遣ってくれているのだろう。

買い物の時には必ず迦具土がついてきて、まだ迦具土が食べたことがないお菓子などを買い食いをしたり、本屋に寄って漫画を見たりもしている。そうやってかなり楽しませてくれたおかげで、少しは気持ちが楽になり、無事に学年末テストも終わらせられた。

祖父母と迦具土、そして兄と一家総出で神様の使いをすることになって、考えさせられることは沢山あった。

俺はまだ学生で、大人にしかわからない問題などは誰かを頼っていくしかない。それでも、神様の使いとしての佐野家の当主は自分なのだから、少しでも関わった神様が幸せになれるように、もっと考えて行動しなければいけないと、そう強く思った。

ちょっと早く咲いた桜が満開の今日、新しい学年になる。

これからもどうか、平穏に過ごせますように……

ここは亡くなった人と出会える不思議な写真館

写真館を経営する祖父が亡くなり、地元へ戻ってきた妹尾《せのお》つむぎ。彼女は、祖父に代わり店を切り盛りしている青年・天海咲耶《あまみさくや》から、とある秘密を知らされる。それは、この写真館では、わずか10分だけだが、もうこの世にはいない大切な人と会え、そして一緒に記念撮影ができるということ。そんな夢みたいな話が事実だと知ったつむぎは、天海とともに、訪れる人々のこの奇跡の再会を手伝うようになる――

◎定価：本体640円＋税
◎ISBN 978-4-434-27883-9
◎illustration：pon-marsh

最愛の母を亡くし、天涯孤独の身となった高校生のひなこ。悲しみに暮れる中、出会ったのは、端整な顔立ちをした男性。生前、母は彼の家で通いのハウスキーパーをしていたというのだが、なんと彼は、ひなこに契約結婚を持ちかけてきて——

訳アリ夫＋連れ子四人と一緒に、今日から、契約家族はじめます！　ひとつ屋根の下で綴られる、ハートフル・ストーリー！

◎定価：本体640円＋税　◎ISBN978-4-434-27423-7

●illustration:加々見絵里

『受け継ぐものに贈ります』。柊木すみかが、そう書かれたレシピ帖を見つけたのは、大学入学を機に、亡き祖父母の家で一人暮らしを始めてすぐの頃。料理初心者の彼女だけれど、祖母が遺したレシピをもとにごはんを作るうちに、周囲には次第に、たくさんの人と笑顔が集まるようになって——「ちらし寿司と団欒」、「笑顔になれるロール白菜」、「パイナップルきんとんの甘い罠」など、季節に寄り添う食事と日々の暮らしを綴った連作短編集。

◉定価：本体640円＋税　◉ISBN:978-4-434-27040-6

◉Illustration：ゆうこ

この作品に対する皆様のご意見・ご感想をお待ちしております。

おハガキ・お手紙は以下の宛先にお送りください。

【宛先】

〒150-6008 東京都渋谷区恵比寿4-20-3 恵比寿ｶﾞｰﾃﾞﾝﾌﾟﾚｲｽﾀﾜｰ 8F
（株）アルファポリス　書籍感想係

メールフォームでのご意見・ご感想は右のＱＲコードから、
あるいは以下のワードで検索をかけてください。

アルファポリス　書籍の感想　検索

ご感想はこちらから

アルファポリス文庫

神様《かみさま》の学校《がっこう》　弐《に》　八百万《やおよろず》ご指南《しなん》いたします

浅井ことは（あさい　ことは）

2020年 9月 30日初版発行

編　集－反田理美
編集長－太田鉄平
発行者－梶本雄介
発行所－株式会社アルファポリス
〒150-6008 東京都渋谷区恵比寿4-20-3 恵比寿ｶﾞｰﾃﾞﾝﾌﾟﾚｲｽﾀﾜｰ8F
TEL 03-6277-1601（営業）　03-6277-1602（編集）
URL https://www.alphapolis.co.jp/
発売元－株式会社星雲社（共同出版社・流通責任出版社）
〒112-0005 東京都文京区水道1-3-30
TEL 03-3868-3275
装丁イラスト－伏見おもち
装丁デザイン－AFTERGLOW
印刷－中央精版印刷株式会社

価格はカバーに表示されてあります。

落丁乱丁の場合はアルファポリスまでご連絡ください。

送料は小社負担でお取り替えします。


ISBN978-4-434-27884-6 C0193